江南无所有

古兰月 ◎ 著

北京时代华文书局

图书在版编目（CIP）数据

江南无所有 / 古兰月著 . -- 北京 : 北京时代华文书局，

2025. 1. -- ISBN 978-7-5699-5780-8

Ⅰ . I267

中国国家版本馆 CIP 数据核字第 2024PF2159 号

JIANGNAN WU SUOYOU

出 版 人：陈　涛
选题策划：胡　家
责任编辑：樊艳清
责任校对：李一之
封面设计：Yuutarou
责任印制：刘　银

出版发行：北京时代华文书局 http://www.bjsdsj.com.cn
　　　　　北京市东城区安定门外大街 138 号皇城国际大厦 A 座 8 层
　　　　　邮编：100011　电话：010-64263661　64261528

印　　刷：三河市嘉科万达彩色印刷有限公司
开　　本：880 mm×1230 mm　1/32　　　成品尺寸：145 mm×210 mm
印　　张：7.5　　　　　　　　　　　　　字　　数：151 千字
版　　次：2025 年 1 月第 1 版　　　　　印　　次：2025 年 1 月第 2 次印刷
定　　价：59.80 元

　　很久没有去江南了，很久吗？日子似乎很久了，记忆里仿佛昨天刚去过，或许因为刚读完古兰月这本《江南无所有》。读游比行游格高，游一事有格乎？万物有灵有格，沈从文先生说慈姑格比土豆高。口感或许如此，土豆实在也颇佳，有朴素味，也偶尔粲然。以形状论，我以为土豆更好。有年在乡野农家见一竹篮装满土豆，刚挖出来，缝凹处泥土极新鲜，入眼有清凌气，如睹齐白石水墨。

　　齐白石的水墨，不离日常，不离欢喜。

　　日常是大境界，欢喜亦大境界。《江南无所有》之质，也不离日常，不离欢喜。古兰月从一己日常生发，将山清水秀的江南、粉墙黛瓦的江南缓缓道出，吐气如兰，幽幽静静，于是云淡风轻，读来如月上柳梢头，人约黄昏后穿街过巷……走过几座桥，流水人家炊烟袅袅，窗口的灯光渐次亮了。

古兰月文章，文如其名，一点古意，一缕兰香，一抹月色。

古意不可多，一点就好。这一点是和古人心有灵犀一点通。

兰香不可多，一缕就好。曲篆风窗细，烟横一缕微，如此灵巧。如春兰初绽，淡淡的香气飘逸开来，若有若无，引得人心里一荡。

月色不可多，一抹就好。入了唐诗境，正所谓"秋山野客醉醒时，百尺老松衔半月"。

古兰月写江南，心间烟丝醉软，笔下抱朴见素，是以气定神闲。赏心乐事、江南山水、古镇往昔、村落人家，皆有留白。古人说行云流水，大抵就是如此落墨之况味吧。记江南，其实也是忆江南，心头寂，于是写一点心绪：所见的，是一段故事；所写的，是一团散墨；所留的，是一杯清茶；还有那挥之不去的淡淡惆怅。

书名《江南无所有》，分明江南满堂春，仿佛浩浩之江南长卷，绢纸上那些风土那些民情那些素然那些鲜艳，或工整写实，或寥寥几笔，沉默、含蓄、跳脱、婆娑斑驳。

我读此集，恍惚总能见一人，执把油纸伞，着一袭青布衫，在春意迷离时行走，在荷风莲香中行走，在秋光画屏里行走，在白雪寂寥下行走，走过烟波小巷，走过枕河人家，走过粉墙黛瓦。江南的小桥流水，呢喃、潆洄、轻柔、不舍，轻轻浅浅映照着岸边的人影，那人姑且当作古兰月吧。或许是古兰月，一定是古兰月。

是为序。

为此书喜。

二〇二四年九月十二日，合肥，作我书房

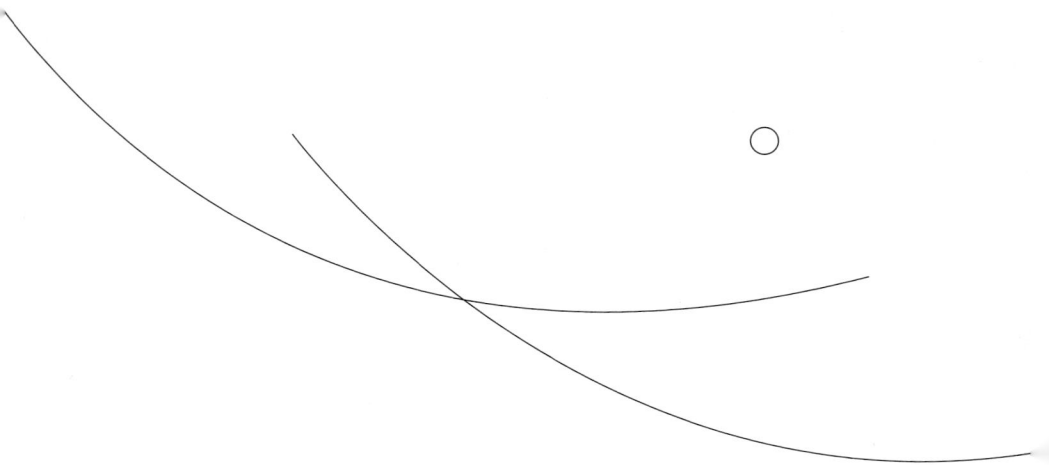

第一部分

人文、风景
与回忆

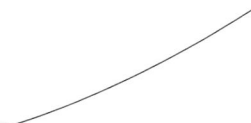

金华山画卷

携一抹秋色,我来到金华山中。每一步都踩着浓浓的秋意,每一次转身都是层林尽染的绚烂,循着仙风道骨,去攀登我们自己的金华山。

如果说奔腾的婺江是金华人的"母亲河",绵延数十公里的金华山便是金华人的"父亲山"。父爱如山,金华山就这样守护着八婺大地,养育着它的子子孙孙。

一

金华山,宛如一幅水墨画卷。画里画外,天地悠悠,风轻云淡,仿佛在讲述一个古老的故事。而山间的清泉,潺潺流淌,如同时间的脉络,将秋的气息带给我们。

置身山麓,仰望山巅,群山连绵不绝,仿佛一位久经沧桑的老者,默默注视着人间的悲欢离合。那些曾经在春天的阳光下盛开的花朵已经凋谢,曾在夏季的微风中撑出的绿荫,已化作一片片落叶,随着风的方向,轻轻飘落在大地的怀抱。路两侧，柳树轻轻摇曳着，仿佛在和流水说着悄悄话。而那秋水，宛如明镜，倒映着天边的云霞，静谧而美好。这一切，似乎在告诉我，要与金华的秋天来一场浪漫邂逅。

一路驱车，耳边的风呼啸着，眼前的景奔跑着。我不禁纳闷，这大自然的鬼斧神工为何如此偏爱金华，让金华山集万千宠爱于一身！

金华山，巍峨耸立，群峰叠起，海拔1314米的主峰大盘山统领13条支脉南泻平原，成就了山水各色、一步一景的独特魅力，演化出了千峰朝圣、万壑争流、岩穴奋踞、奇石竞荣、龙盘凤栖、湍水飞花等众多的自然景观。这秀水丽山、灵洞瑰穴，让道、释、儒三家沉醉其中，引来了无数帝王将相、才子佳人、文人墨客。

金华山，蜿蜒起伏，势如游龙，雄压万峰。左右分支回峦，连屏拱卫。南向有诸峰数重，山岭双峦对矗，一个称玉壶，一个叫金盆，壶中有徐公湖。水，则分两脉而下，其中一脉由鹿田进入洞盆之中，有飞瀑泻出，乃赤松涧。

我来金华山，不仅要领略它的峻与美，更想让心灵与自然来一次灵魂互换，沉浸式感受"三教"文化的博大与精深。当山中大雾弥漫，我相信所有神灵都眷恋于此，传说中的大仙们各盘其道，续写着史书中的传奇。

走近它、感受它，金华山还是原来的山，但我们已经不是原来的我们，身上多了一些禅意、一缕仙气。

二

"山贵重而华美",金华山因此得名,被誉为"天下无双景,人间第一山"。

前山是金华道观,屹立于山腰上,古朴而端庄,充满了宗教气息。后山有陈子昂读书台,我想登上去,在云雾中开启一天的静思。拾级而上的路是别人铺的,景色仿佛被定制了一样,我更愿意另辟蹊径,在惊险与安全之间平衡自己,稳健地迈出每一步,这是登山的乐趣。

遇见一株株千年古柏,我兴奋不已,伸出手,小心翼翼地在它们身上游走,好像在与千年之前的文人雅士对话,它们像耄耋老者,告诉我关于这里的一切。

不知是谁种下的古柏,历经岁月变迁,一天天一年年茁壮成长,即使扎根方寸土地,也能刺向长空。它们皮如朽绳,嶙峋向上,开枝散叶,与天空之美平分秋色,即便是入了秋,那叶子也不舍得离开枝头,展示着对季节最后的倔强。当秋风经过每一棵树的时候,都会给它们涂上一抹金色的光。于是,便有了秋色,便有了秋意,便有了层林尽染,这是寒冬到来之前的温暖,无论是谁都无法调和出这种暖色,除了秋。

山中漫行,我不知道再走多远才是顶峰,只知道自己始终在路上,感觉每一个毛孔都在贪婪地呼吸着新鲜空气,血液中的氧气含量已达到顶峰,人自然清爽了许多,即便脚步沉重,心情依旧亢奋。一路上，古树摇曳，亭台楼阁错落有致，既保留了历史的沧桑感，又兼具现代休闲风格，行走其中，宛如来到了一个神秘的仙境。

攀上了这座仙山，触碰云雾的时候，内心不知不觉被它湿润。不远处，鹿女湖的水泛着金色的光，它是高山湖泊，犹如一面明镜镶嵌在青山之中，群峰倒映其间，如梦似画，"金华小洱海"之称名副其实。

面对这一湖的绿，我真切地感受着被包容的豁达、被宠爱的骄纵，一时间，便胡思乱想。如果我们能放下那些难以割舍的，舍弃那些求之不得的，走进这山水，融入大自然，我们会获得无数的风景与美好。我想，徐霞客就是在走走停停之间懂得了人生的真谛，于是他坚持一直走下去。

徐霞客游览金华山时，直叹"若神游太虚"。当晚，他在鹿田寺过夜，竟舍不得错过金华山的夜色，一个人到处游览，寺僧和村民曾举着火把四处将他寻找，这让他感激涕零。

三

金华山，是画卷，更是史册。

一千八百多年的金华史，记载着它的辉煌、它的赞歌。自古以来，山水眷恋之地必是群英荟萃、名人辈出，金华便是如此。

金华，是南宋理学的高峰。南宋是中国历史上最重要的朝代之一，金华（时称婺州）距南宋都城临安不远，受其辐射和影响，婺州经济发达，社会稳定，人民安居乐业，为文学艺术的繁荣、学术思想的形成奠定了坚实的基础。八婺大地思潮翻涌，哲人辈出，诞生了中国哲学史上具有重要地位的学术流派——金华学派（婺学）、永康学派、北山学派，涌现出范浚、吕祖谦、陈亮、"北山四先生"等一批大儒。

范浚，是"浙东学派"开先河、发先声者，被誉为"婺学之开宗，浙学之托始"。吕祖谦是婺学的代表人物。婺学是现实之学，倡导"求真务实"与"经世致用"之风，后被清代"浙东学派"发扬光大。

陈亮，是永康学派的代表人物，倡导经世济民的"事功之学"，提出"盈宇宙者无非物，日用之间无非事"，指摘理学家空谈"道德性命"，与朱熹友善，多次作"王霸义利之辩"。

北山学派，是朱熹、黄榦谢世后全国范围内朱学传承的一股力量，被后世誉为"朱子嫡传"。

与此同时，朱熹的闽学学派、张栻的湖湘学派、陆九渊的金溪学派以及陈傅良、叶适的永嘉学派渐渐流入婺州，经过南宋中后期长达百年的交流、融合、贯通，婺州学术界成为全国范围内一个强势的学术群体，婺州因此被冠以"小邹鲁"之称。

金华山，则是金华的另一座"高峰"。当年，李白打马踏入金华山，在山顶远眺，收兰江与金华江入眼底，写下了"松子栖金华，安期入蓬海"的千古绝唱。但李白是否到过金华山仍有争议，有人认为李白只是经过金华，并未登上金华山，诗作只是他想象的结果，毕竟他曾经写过《梦游天姥吟留别》的作品。在我看来，李白是否登上金华山并不重要，重要的是他为金华山留下了绝唱。

从南朝梁武帝到明太祖朱元璋，曾有十六位帝王及众多高僧、道长、隐士为金华山的寺庙宫观赐匾额、颁封诰，或到金华山避难、驻跸。更有一众文化名人拜访金华山，他们歌咏山水、探幽溶洞、追踪圣迹、寄情抒怀，用足迹和墨迹，为金华山创造了众多的人文景观。

我无法一一探寻，这些文人墨客是怀着怎样的心境游览金华山的，我只知道，我已被这里的风景陶醉，我仿佛听到了大地的呼唤，感受到了万物的生长与枯萎。

四

走进金华山，怎能不去感受溶洞的神奇。

金华山是一个溶洞的世界，这里有"千尺横梁压水低，轻舟仰卧入回溪"的双龙洞，有"一泓寒玉天上来，几度浮花到世间"的冰壶洞，有"涧落千寻通地脉，光生一线透天门"的朝真洞。

很多人了解金华，是从小学课本里的《记金华的双龙洞》开始的。

在洞口抬头望，山相当高，突兀森郁，很有气势。洞口像桥洞似的，很宽。走进去，仿佛到了个大会堂，周围是石壁，头上是高高的石顶，在那里聚集一千或是八百人开个会，一定不觉得拥挤。泉水靠着洞口的右边往外流。这是外洞。

在外洞找泉水的来路，原来从靠左边的石壁下方的孔隙流出。虽说是孔隙，可也容得下一只小船进出。怎样小的小船呢？两个人并排仰卧，刚合适，再没法容下第三个人，是这样小的小船。船两头都系着绳子，管理处的工人先进内洞，在里边拉绳子，船就进去，在外洞的工人拉另一头的绳子，船就出来。我怀着好奇的心情独个儿仰卧在小船里，自以为从后脑到肩背，到臀部，到脚跟，没有一处不贴着船底了，才说一声"行了"，船就慢慢移动。眼前昏暗了，可是还能感觉左右和上方的山石似乎都在朝我挤压过来。我又感觉要是把头稍微抬起一点儿，准会撞破额角，擦伤鼻子。大约行了两三丈的水程吧，就登陆了，这就到了内洞。

内洞一团漆黑，什么都看不见。工人提着汽油灯，也只能照见小小的一块地方，余外全是昏暗，不知道有多么宽广。工人高高举起汽油灯，逐一指点洞内的景物。先看到的是蜿蜒在洞顶的双龙，一条黄龙，一条青龙。我顺着他的指点看，有点儿像。其他那些石钟乳和石笋，这是什么，那是什么，大都依据形状想象成神仙、动物以及宫室、器用，名目有四十多。这些石钟乳和石笋，形状变化多端，再加上颜色各异，即使不比作什么，也很值得观赏。

那天，我也像叶圣陶先生一样，仰卧在小船上游览双龙洞，再徒步从双龙洞走到冰壶洞。拾级而上，不出几步，已是气喘吁吁，两条腿直打颤，所幸沿途景色旖旎，冲淡了些许疲惫。

前一秒还是秋的浓墨重彩，下一秒就被黑色的深邃紧紧扣住心弦，终于来到了冰壶洞，洞口很小，有些神秘。沿着石壁凿出的石阶摸索着前行，心是悬着的，有些恐惧，但越是惧怕，越想一探究竟。消除一切杂念，顺着潺潺的水声走去，水声越来越大，整个洞内充塞着轰鸣声，人们彼此鼓励着，每一步都在探索，每一步都很执着。

突然，眼前出现一丝光亮，快步走上去，一挂瀑布从石隙中喷射而出，因瀑布顶端岩石突出，高约十丈的瀑布完全悬空，十分壮观。置身在岩洞中，瀑布飞溅出的细小水珠打湿了我的脸颊，冰凉冰凉的，沁人心脾。我想，这是大自然馈赠于我的最好的护肤品，如果没有坚持与付出，我就不会拥有。

继续前行，瀑布转移到我们的头顶。抬头望瀑是需要勇气的，我缓缓睁开眼睛，只见千万支箭铺天盖地向我射来，快到眼前时又变成了无数的星光。原来是白色石钟乳的反光成就了万点星光！

星光下，我煞有介事地吟诵起来："洞门仰如张吻，先投杖垂炬而下，滚滚不见其底；乃攀隙倚空入其咽喉，忽闻水声轰轰。愈秉炬从之，则洞之中央，一瀑从空中下坠，冰花玉屑，从黑暗处耀成洁采。水坠石中，复不知从何流去。复秉炬四穷，其深陷逾于朝真，而屈曲不及也。"

这是徐霞客描写冰壶洞的句子。

五

"古人所采药也，高且神。"中国现存最早的方志、东汉《越绝书》里这样描述金华山。

金华山是一座驰名中外的江南道教名山，在东晋著名道教理论家、炼丹家、医药学家葛洪所著的《抱朴子》中，金华山与五岳并列，足见金华山地位之显赫。南朝梁·虞荔《鼎录》中记载："金华山，黄帝作一鼎，高一丈三尺，大如十石瓮……文曰：'真金作鼎，百神率伏。'"这是黄帝在金华山铸鼎炼丹的有力证据。此后几千年，道家方士纷纷到金华山采药炼丹，留下了许许多多美丽的传说，其中最引人入胜的无疑是黄大仙的故事。

黄大仙的记载最早可见于葛洪所著的《神仙传》，迄今已有一千六百多年历史，随后历朝历代都有人为他树碑立传，仅明代道教经典《道藏》就有七篇。

南宋倪守约所撰的《金华赤松山志》这样记载："丹溪皇氏，婺之隐姓也……皇氏生长子，讳初起，是为大皇君。成帝咸和三年（328年）八月十三日，生次子，讳初平，是为小皇君。"由此可见，黄大仙生活在东晋。

传说，黄初平年少时经常在村西丹溪江边和村东金华山放羊，一天他偶遇神仙赤松子，赤松子"爱其良谨"，将他带到金华北山的朝真洞石室学道修炼。"小君即炼质其中，绝弃世尘，追求象罔，且谓'朱髓之诀，指掌而可明；上帝之庭，鞠躬而自致'。积善累功，逾四十稔"。黄初平潜心修道四十年，从未与家人联系。而四十年间，他的哥哥黄初起"巡历山水，寻觅踪迹而不得见"，最终感动上苍，兄弟重逢。黄初起问弟弟：当年牵着羊入山修道，如今羊儿何在？黄初平用手指着山上那些白色的石头，一声吆喝，但见满山的石头慢慢动了起来，随即变成了欢快的羊群！黄初平得道成仙，黄初起深受影响，也留在金华山中潜心修炼。两兄弟修成正果后，为百姓做了许许多多的善事。

金华黄大仙信仰积淀深厚，流传着一批情节丰富、新奇有趣、时空交错、虚构迷幻的传说故事。初平出世、舍己为人、深山拜师、入山修道、为民治瘟、吃石成羊、二仙搭桥、怒斩妖龙、羽化飞升……这些故事脍炙人口，流传千古。

在金华人眼里，黄大仙擅长炼丹和医术，一生以"治病救命、济贫扶弱"为己任，有求必应，普济劝善。他还研制出能祛除百病的"赤松丹"，有一年金华兰溪一带瘟病流行，百姓死伤无数，而奸商囤积药材，谋取暴利。黄大仙与哥哥连夜上山采药，赶制药丸，在街上设药铺，向百姓免费发放，药到病除，百姓感恩不尽，尊他为吉祥之神、财神。

从那时开始，金华先民就为黄大仙兄弟俩建祠祭祀，以后又不断翻修延建，香火绵延至港澳和海外，被称为"金华分迹"。2008年6月，"黄初平（黄大仙）传说"被列入第二批国家级非物质文化遗产代表性项目名录。

古代帝王、文人雅士对黄大仙的评价褒贬不一，有人歌颂，有人质疑，这在一些诗词曲赋、游记散文中可见端倪。在我看来，这并不重要，是非曲直，往往没有答案。人活一生，有多少得到与失去纵横交错，古人寻道，以求长生不老的仙丹和对缥缈仙庭的触达，今人登上这黄大仙祖宫，多半是以求得内心的寄托和对美好生活的向往。

"仙道贵生，无量度人。"走在黄大仙祖宫的八卦地形上，忽然有一种身临仙境的神奇感知，果然，深山之中有仙人，这种奇妙的感觉让内心无比坦荡和辽阔。赤松宫隐于道教宫观建筑群中，黄大仙神像端坐于大殿，慈眉善目，十分亲和。神像前，有香客俯身朝拜，虔诚至极。

金华山，是道教第三十六洞天，但它早已将儒、释、道融为一体。智者寺的香火延续了一千五百多年，即使战火纷飞，也无法将它熄灭、掩盖它的佛光。鹿田书院"少女望鹿"的故事，感动了无数游人，古老的书院记录着儒家文化的精髓，是沉淀内心最好的去处。

那一日，我还在"绿野仙踪"游乐园里看到了闲庭信步的孔雀、悠然自得的山羊、频频回首的梅花鹿，一切都显得如此安详、和谐，仿佛它们才是这里的主人，而我们只是匆匆过客……

一望花海，情愫畅渔歌

没有蓝天的夺目，乌云也平添了几分惆怅，驱车去一个很近又很远的地方，更多的执着来源于它飘香的美誉。

金华金东孝顺的"渔歌小镇"，近在咫尺的美景之地，却因为终日的繁忙而被困住了脚步。路途中，亦近亦远的距离，就好像缠绕在每个人心头的爱恋，近在触手可及却总觉远在天涯。其实，只要上了路，天涯海角也就在脚下了。

当一片花海映入眼帘时，我不由得闭上了双眼，鼻子在贪婪地呼吸，伴着细雨，清风徐徐，花香的甜不需要呼吸就能沁入心扉，片刻，内心蜜如汪洋。再睁开眼，这是一片"菊海"，五颜六色难以形容花海的夺目，一时间我们都想起来与花有关的诗句，但终究没有吟唱，因为这种真实的美，没有办法形容，就好像爱上一个人，说不出哪里好，但就是替代不了。

我喜欢大朵大朵的菊花，白色如雪般纯粹、黄色如光般耀眼、红色如火般夺目，我们就这样在小镇里漫不经心地走着，聊着，看着，感受着初冬的雨和开不败的花。

说来也怪，湿漉漉的天气没有为这次考察之行增添烦恼，反而多了几分世外的淡然。我们好像遇见爱情的孩子，贪婪地想与每朵花合影，想问问花儿：是什么让它们常开不败？

　　脚步越来越轻盈，听着海浪的声音，一条铁轨将思绪伸向远方，小镇的特色小火车拉着一车的孩子们，让充满爱意的花园瞬间变成了孩子们的乐园。

　　花海一望无际，歌声不绝于耳，雨滴降服了尘埃，花蕊催生了爱恋。在城市的嘈杂中，遇见世外桃源，本身就是一种幸福的体验，更何况，这里能装下梦人、诗人、恋人、痴人的夙愿，让每一个前来体验的人，不虚此行，收获满满的诗情画意。

　　美景带不走，心，却也被留了下来。菊花园吐纳着菊香，我不舍摘任何一朵，我的脚步在小镇中徘徊，我的身影与无数相拥的情侣擦肩。那一刻，我的手心炽热，内心中所有的孤独都得以寄托。也许，来过"渔歌小镇"的人不会在乎情愫的起落，这片菊是冬天来临之前最火热的温柔，我宁愿等到菊花绽放，也不愿辜负了这满园的暗香与坚强。

　　遇见"渔歌小镇"，希望一生都纯粹得像个孩子。

古街古巷中的游埠早茶

——集市品早茶 古寺访传说

枝头的鸟儿早早地唤醒了春日，还没长高的春草也随风摇摆。趁着天刚刚露出一点点鱼肚白，一个不起眼但却从未被人遗忘的地方就是我今天要去的千年古镇——游埠，为的是赶赴一场心中惦念的古街古巷中的早茶。

车行50分钟，从金华到游埠，一路城乡驰骋而过，景致却留在了心底。

不知从什么时候开始，突然觉得那些诗未必只隐匿在远方，就在我们的身边，从来也不乏诗情画意的风景，只是我们不安于脚下方寸的野心罢了。

作为本地人，游埠镇于我而言并不陌生，但对于江南之外的人们，这里却是多少人心驰神往的地方，单凭这游埠早茶，就引得四方游客不惜四五点起个大早前来体验。

游埠，这座浙江兰溪西南部的小镇，历来是浙赣闽皖四省交界之地农副产品重要的集散地、商埠重镇，素有"钱江上游第一埠"之美誉，与桐乡乌镇、湖州南浔、义乌佛堂并称"浙江省四大千年古镇"。

　　一年前我曾踏寻这里，同样的古镇风貌曾使我心起波澜。是幽静，深居而不平凡，每一块青砖泥瓦间都夹杂着岁月流逝的痕迹；是热闹，静谧中的嘈杂既带着烟火气息，又可睹见几分人间真谛；是亲切，置身于古桥上，尚保留着几分原汁原味的江南水乡，摇橹声声、船歌荡漾。时隔一年，再次寻访，它的古老又增添了几分凝重，它的醇香从巷口飘到巷尾。我开始抱怨：为什么一年之别如此久远？为什么喜欢的地方不选择常来？

　　古镇的早茶与闹市的喧嚣同时上场。热闹的早茶集市上早已人头攒动。也许你去大城市，一天旅程总是从早餐后开始，但在游埠，所有的感受是从一顿热腾腾的早茶开始的。

　　酥饼在炉火中炙红了脸，肉饼在反复摔打中油滋滋地流香，阿婆提着鸣叫的水壶，从上至下，为大杯里斟满水，沸水嬉闹着土茶，缠缠绵绵，相伴永久。

　　没有雅间，也没有独处的角落。一张张木桌从巷口接连传递，顺着路边摇曳的旗子望过去，巷子深处已到处热闹非凡。

　　我们三五好友，好不容易择一张长条木桌坐下，耳畔装满了家长里短的故事，虽然陌生，但也十分亲切。

　　游埠的早茶名不虚传，每一样餐点小食都有着醇厚的历史，油滋滋的肉饼搭配香气四溢的茶汤，一口饼一口茶，满足感已萦绕心头。

茶水升腾，日光渐渐冲破晨雾。在长条木桌旁品着美味的早茶，看着古街上人来人往的熙熙攘攘，顿时，我们仿佛是在此生活了千年的主人，虽没有经历过古镇的往昔，眼前的景象仍然让我们似乎从不曾缺席过这最是一年的好时节，最是一天的好时光。

穿越过繁华，思绪已飘久远。告别早茶的集市，一定要去寻找《聊斋志异》里的一段佳话。

在游埠，有一座古兰若寺，藏匿于杂草丛生的荒野间，原本已逐渐被人淡忘。后来，在游埠镇潦溪桥村一老人家中发现了家传族谱，其中明确记载了古兰若寺遗址。而这"古兰若寺"与电影《倩女幽魂》中那座森然的古刹极为相似。

遥想，杭州有断桥，断桥上是许仙和白娘子的爱情故事；金华有古兰若寺，寺中上演了宁采臣和聂小倩的人鬼情未了。

这古兰若寺是宁采臣遇见聂小倩的地方，也是他们逾越生死的地方，凄美的爱情故事不由让我们加快了脚步。

想到这里，古兰若寺已是近在眼前。《倩女幽魂》那经典的歌曲，宁采臣那清隽秀丽的面庞，那缠绵生死不肯辜负的爱情，都为我们此行增添了几丝暖暖的情愫。

也许古兰若寺与我的名字极为相似，也许我也有一颗渴望真爱相随的心。一瞬间，我感知这里的文化底蕴，远远超越了世人对它的解读，远远超乎了我们俗成的想象。

翻阅古籍需要力量，更需要耐性；游走古镇需要静心，更需要冥想。

当我们接受自然的洗礼，仰望历史的厚重时，会发现，游埠的坦然和随性与这里的传统和底蕴，相生相互。尽管每天俗事缠身内心不得安宁，但早晨这一杯土茶入腹，思想与行动都已宁静而致远。

游埠与杭州、上海都相隔不远。但这里的人，依旧愿意守着古镇，不慌不忙地游走在从清代至今依旧矗立的古桥上，听着外面世界的事，迎着远处走来的人。

再踏车马，已是落日时分。回眸游埠，早茶的集市变换了晨起苏醒的模样，不变的是人声依旧鼎沸。

不知为何，宁采臣和聂小倩的故事总是在我脑海中萦绕。一座古镇，一街早茶，一杯热汤，一段爱情故事，没有翻滚的内心，也没有好奇的心智，有的只是随遇而安的坦然和不去打扰的尊重。

游埠是什么？是行之千里后依旧眷恋的内心安宁和向往。集市的早茶中叙说着这方水土千年的人文故事，古兰若寺里流传着即便是残垣断壁也无法掩盖的、千古不朽的爱恋传说。

古人若有灵，请相信，今人依旧怀念着游埠古镇的曾经。

莲还未睡，我却已沉醉

"一别二三月，留得满池香。"

是怎样的一场酥雨和夏风，竟吹开了武义这十里荷花十里香？都说西湖荷花美，但在人声鼎沸中寻寻觅觅，需要十足的兴致。若不想被人群推着走，破坏了赏花的雅兴，那就随我一起走进武义，去赶赴那一片接天莲叶与映日荷花。

再踏武义，我只为荷花。

荷花盛开的时候，夏天就到了。武义十里荷花——江下畲乡景区便敞开怀抱，迎来那些一直惦记着她的熟客。她们，是最会享受武义的人，三五成群，结伴而行，一路走，一路拍，摆各种各样的造型，与荷花、荷叶亲密合影。荷叶田田，荷花朵朵，也许她们是想把自己变成最娇媚的那一朵！

有风拂过时，亭亭玉立的一池池荷花便开始摇曳，荷叶上的晨露忽上忽下，忽左忽右，来回滚动，人的精气神儿也随着荷花舞动起来。不知道是负氧离子激活了我，还是荷花的暗香唤醒了我，那一刻，忽然感觉这一池荷花，竟是为我而生。

武义的荷花真的那么美吗？若将世间所有美好的词语堆砌在她身上，你也描述不了她的美。若用镜头展示她，哪怕是一个侧脸、一个背影、一次低眉、一次含羞，我不说，你也会迫不及待地一睹她的芳容。

继续前行，徜徉在荷叶花海中，一朵荷花引我俯身相嗅。这是一朵欲开未开、含苞待放的荷花，看上去有些羞涩。我凑近了些认真地闻，可我闻不到她的香。我闭上眼睛，再凑近一些，也许是我的虔诚感动了她，我终于闻到了她的清香。这是一种低调的、奢华的暗香，心不诚，是很容易错过的。

我不喜欢花盛开的时候，因为盛开就逼近凋零。唯有半开半合，才是花开的最高境界。

可我的朋友却说，这盛世天下，唯有绽放才能表达心中的感怀。

人与人，果然生而不同，就像每一朵荷花都有自己的个性。

荷花美，美在出淤泥而不染，美在不加修饰的天然与高贵。武义的十里荷花养眼、养心，花色虽有不同，但朵朵娇媚，至纯至洁。

传统的粉色，自是荷花的魁首，单朵成画，连片成景。看，画家们正走走停停，选一处最佳的视角，勾勒这个夏天最美的开始。

黄色，是被佛家亲吻过的颜色。蓝天碧水，佛叶莲香，大朵的黄色花苞，隐藏着深深浅浅的绿，自然天成的渐变色，是可遇不可求的另一种美。

远眺，十里荷花翻彩浪；近观，百种名莲竞娇姿。十里荷花名为十里，却没有尽头。今年的"宣莲"比往年更多，舞之恋、红剑舞、绿之星、大洒锦、大龙珠……是她们，成就了十里荷花"十里画廊"的美誉。

我们走走停停，远处的云还在随风起舞，像追逐嬉闹的白衣仙子。眼前的花与叶，好像被施了魔法，每一种姿势都是对我们的欢迎和致敬。突然看到那座被无数人当作背景的莱峰塔，它就在离我指尖不远的地方。曾经的江南总是烟雨迷蒙，如今，蓝天之下，这塔竟成了天与地的桥，不知塔上是否有情郎正等着荷塘里含羞的嫁娘？

与莱峰塔隔河相望、遥相呼应的是巽峰塔，武义人称它们为"双子塔"。莱峰塔塔身偏红，巽峰塔塔身为白色，两座塔一红一白，勾勒出"宣阳双塔"的人文景观，成为"宣平十景"之一。扶梯登塔，你可眺柳城全貌，满眼十里荷花，阅尽穿越历史的滚滚烟尘。

在中国古代，只有寺庙和县城才可以造塔。宣平建县后，先后建造了莱峰塔、巽峰塔，打造了"宣阳双塔"奇观。1958年，宣平并入武义，结束了县治历史，而"宣阳双塔"依然矗立在这片古老的土地上，守着这段历史，留下这十里荷花……

兰亭楼阁，飞檐翘角；小桥漫道，乘物游心。走进赏荷长廊，被宠坏的视觉，又一次被惊艳。原来，一路走来，那些精心谋划的取景和拍摄，竟不如这里的随手一拍。

谁会漠视荷花的美？绿肥红瘦间，我听见游人的嬉戏声，大自然里的笑声是这个春天迟来的鸽哨。走进这十里荷塘，我才突然明白，人可以悲伤，生活可以封闭，但这自然界的生灵，永远不会被外界左右，它们从不倦怠和暂停，一直在努力生长。

武义淳静，十里荷花更是静婉。一步步游走，一处处观赏，不知不觉已近并蒂莲区。都说人是自然界的产物，万事万物只要动心就会有记忆。走到这里，这美景仿佛在哪里见过，荷花成双结对，相互抚慰，相互依存，像一对对孪生姐妹；风起时，调皮地玩耍着，又像一对恋人，在夕阳下映红了脸，荷叶卷起，掩住了他们所有的羞涩。

看十里荷花，是一种享受，品尝这里的"荷花宴"才是犒劳味蕾的最佳方式。那么，请跟我来，一起沐着荷塘的清风，品一品荷花茶，尝一尝脆香藕，再来一块油炸荷花，斟上一壶好酒，听一段采莲曲……悠哉美哉间，我们都成了唐诗宋词中的文人雅士。

我不知道，荷花是不是武义的县花，但武义如荷，荷一样的安静，荷一样的纯净，荷一样的让人倾慕与痴醉……

离别时，莲还未睡，我却已沉醉。

刻刀上的舞蹈

刻刀深深浅浅地吻着，木屑飞舞成漫天花瓣。手起斧落间，木与刀，演绎着丛林里的爱情⋯⋯

在一个梨花带雨的季节，我就这样与东阳木雕小镇不期而遇。它犹如一幅淡雅的中国画，在我的视野中缓缓铺陈开来。

小镇粉墙黛瓦、曲径通幽，亭台楼榭、飞檐翘角，既有"小桥流水人家"的恬静，又不缺"南朝四百八十寺"的雄浑，刚与柔，阴与阳，在这里水乳交融。小镇客厅里，榫卯结构的大幅墙作，随意安放的小镇Logo，大数据全景管控平台，正讲述着小镇的前世今生。徜徉小镇，偶遇木雕大师绝对不是幻想，一个与你擦肩而过的老者，或许就是叱咤风云的亚太地区手工艺大师、中国工艺美术大师，或者是浙江省工艺美术大师。他们朴素、谦卑，隐于市，从来不张扬。

木，是小镇的魂。大师的鬼斧神工，让木头以全新的姿态呈现。大自然对人类的关爱从未改变，人类也没有辜负自然的馈赠。从林海中走来，在匠人手中复活，小镇木雕以另外一种方式延续美，延续生命。

一木一浮生，一雕一乾坤。走进大师路，每一次远眺都有新的发现，每一次回眸又是那么难舍难分。在这里，大师就像魔术师，雕琢的声音就是最美的交响乐。琴声低回中，一段平常的木料，瞬间被点化成一朵浮在水面上的睡莲。

小镇的木雕，都是会说话的，名人故事、历史传说、民俗文化娓娓道来，让你在感叹木雕的神奇时，感悟东阳深厚的木文化。

在木雕小镇，我被一种和谐深深打动。一群少年围着古稀老人，认真聆听他的讲述，从鲁班到现代工艺，从玩具到木雕，少年全神贯注，大师倾囊相授。

这是木雕小镇研学活动的一个缩影。

如今，小镇建起了集木文化展览、创意手工、艺术临展、人才实训功能于一体的综合性实训基地，一跃成为浙江省中小学生研学实践教育基地。在这里，以研学推动文化传承的活动随处可见，独具特色的研学旅游品牌吸引了莘莘学子，他们不远千里来到小镇，近距离体验中国木雕文化的神秘与神奇、博大与精深。

在小镇，我认识了一些人，也记住了一些名字：陆光正、冯文土、吴初伟、卢光华……他们是默默无闻的木雕竹编匠人，也是名震四海的木雕竹编大师！

大师，是木雕小镇最大的财富。三位亚太地区手工艺大师、六位中国工艺美术大师、十七位浙江省工艺美术大师、四十多位金华市工艺美术大师已入驻小镇，开启了他们新的艺术人生。

一座大师馆，就是一个博物馆。在小镇，这样的大师馆遍地开花，承担着作品展示、创作创意、培训传承的使命与任务。小镇是智慧的，它把"大师"这个词语解读得淋漓尽致：由木雕大师担任客座教授，木雕小镇提供实习、就业岗位，学校提供能力培训、资格考试培训……大师、小镇、学校各司其职，精诚开展校企合作，构建产教融合新模式，造就了东阳传统木雕产业"后浪推前浪"的壮丽景观！小镇也因此底气十足，唱响了木雕红木家具发展和古建园林营造的"二重唱"，在木雕装饰装修、古建筑修缮、园林设计领域刮起了一阵"东阳风"，为中国贡献"东阳方案"。

"鲁班奖""钱江杯""白玉兰杯"……这，就是最好的褒奖。

木之魂、东之作、匠之心、传之承！东阳木雕小镇，让我震撼。或许我们应该庆幸，在纷纷扰扰的今天，还有人愿意守着木雕工艺慢慢变老，还有人薪火接力这古老的技艺，还有一个小镇重拾匠心，将木雕文化雕琢成中国传统文化的瑰宝。

让我感叹的，还有北后周古风民俗村。走在石板铺就的小巷，在古色古香中穿行，古风古韵扑面而至，历史瞬间在这里停驻，繁华在这里浮现，而时光却不舍昼夜，把这里的一切细细雕琢……

人生，何尝不是一件木雕作品？

闲看九和云起时

　　每当离开城市的街角，我们的话题总是与世外桃源有关，山川、溪流、碧空，绿野、蝉鸣、古村，大自然的纯粹已经成为城里人的千千念想。磐安县九和乡，就是一处藏在青山绿水间的"浙中秘境"。

　　九和原名九如，因该乡所属有九个保，遂因"如山如阜，如冈如陵。如川之方至……如月之恒，如日之升。如南山之寿……如松柏之茂……"《诗经·小雅·天保》记载的这段话有九个"如"字，称"天保九如"，寓意吉祥。1939年磐安置县，以"九保和睦"之意改名"九和"。九如、九和，多好的名字！

　　在"九和"，我们与一场小雨不期而遇。升腾的云雾，将青山拉成了渐变色。从淡蓝、淡绿再到深绿、翠绿，瞬间的色泽交替，即使是最伟大的画师，也难以调和！

　　这就是我初识的九和，不争不吵、不魅不浮，一切都按照自己的方式存在着，或张扬，或收敛，一颦一笑，风情万种。

　　现代人习惯把美景划分等级，于是就有了各类"A"级景区。而九和乡的美景是不能划分的，因为她是天赐的美景，是一个完整的系统。而这个系统的核心，便是原汁原味、返璞归真。

如果你来到九和，一定要看看"三水潭古村"。三水潭村位于九和乡南部，村域面积3.5平方公里，全村只有三百八十余人，因有三条溪在村口汇流，故名"三水潭"。

三水潭村是一座历史悠久的古村落。据记载，早在明朝正德年间，彩烟杨氏第三十一世祖杨天瑞来到这里定居，后娶岭南吴氏夫人成家立业，就在这山环水抱中，子子孙孙日出而作、日落而息，耕读传家、繁衍生息，渐渐形成了一个村落，几百年香火不断。

古民居，是古村落的标配。在现代文明的冲击之下，三水潭村的180间古民居，依然保留着江南民居的个性与特色，没有钢筋混凝土，没有涂鸦与设计，石头是最常见的材料。在这里，民居是石头砌的，街巷是石头铺的，河堤是石头垒的，这些大小不一的石头，被错落有致地叠在一起，成了三水潭村一道靓丽的风景。在这里，没有个性成了最鲜明的个性，没有设计成了最独特的设计。

这里还有县级文保点1处，全国登记不可移动文物点3处。它们与三水潭长相守，见证着三水潭的过往烟云。

漫步在古村，摸一摸家家户户的石头墙，你会从冰冷中感觉到温暖；敲一敲三合院敞开的门，你会听到一声热情的问候；看一看清代道光年间的杨氏宗祠，你或许会偶遇一场庙会；逛一逛庭院深深的"廿四间"，你便会有回家的感觉，并将时间遗忘……

在中国古村落，一水隔两岸是常态，一村二水不常见，"三水汇流"更是奇迹。"三水汇流"的三水潭，又是一种怎样的造化？我无法想象，亿万年前的那场造山运动，"万山之国"磐安经历了什么，九和经历了什么，三水潭又经历了什么。但我现在只关心眼前的苟且，只关心眼前这清流、这水潭、这水里游动的精灵——石斑鱼。

"溪坑之鱼，石斑为王"。石斑鱼对水质要求极高，一般的水是养不了它的。九和山好水好空气好，自然是石斑鱼的乐园。石斑鱼，是三水潭的金名片，如果你来到这里，一定要尝一尝三水潭的石斑鱼。

走走停停间，我不时坐在石阶上，扬起手机，打开镜头，云起云落间，我仿佛穿越了时空，感觉自己就是奔跑在这小巷深深里的布衣少年。

离开三水潭，又入中坑村。

这里依旧延续着古村的风格，村里的阿婆热情地向我招手，递给我一颗刚出锅的土豆。谢过阿婆，我端详起这产自高山的土豆，它与平原地带出产的土豆不同，一个个小巧、圆滚，十分可爱。阿婆告诉我，土豆是这里的招牌美食，还有纯正的土蜂蜜、桃子、野生猕猴桃……一到收获季节，城里人便蜂拥而至。

阿婆绘声绘色地描述着，眼里满是自豪。

到九和，御龙湾是一定要走一趟的。

御龙湾风景区虽名为"风景区"，但这里只有风景，没有界线。这是一片未被粉饰过、装扮过的地方。绿草如茵，从眼前一直爬到山间，两侧青山如黛，一湾溪水蜿蜒而出，如白练，似明镜。云蒸霞蔚间，御龙湾隐隐约约匿于山间，恍若真有御龙在此守护。

在御龙湾，每个人都想放声呼喊。

"山不在高，有仙则名。"在御龙湾，登山是必须做的。这里的一切仿佛都与山有关，也有山的灵气。登山，便是寻找天下无山的感觉。

一瞬间，我突然明白，这些年我们为什么热衷追逐返璞归真。原来，我们一直在寻寻觅觅，一直在寻找一种人与人、人与自然的和谐。

御龙湾的道路四通八达，路的尽头便是山，山峦的轮廓仿佛一尊卧佛，醉倒在晨曦里。我们可以像孩子一样放纵，一样无忧无虑，在宽广的草坪上追逐、嬉戏，逐梦童年，放飞自我。我们还可以来到东吴水库，化身垂钓的仙人，一盏茶，一支鱼竿，一蓑风雨间，独享这一湖的万种风情。

御龙湾，有着少女初长成的娇羞，有着梦一般的未来。如果说她是一幅山水画卷，那她正等着画龙点睛之人，为她点上那一笔乾坤……

离开九和乡时，我仍意犹未尽。毕竟，我已经很久不曾这样放飞自我，已经很久不曾这样真实地释放灵魂。那么，是谁沉醉了谁？是谁俘获了谁？人与自然，从来都是相互成就。

罗店不是店

这里自古是商业繁华之地，因元代罗迪迁入开店发族而得名"罗店"。

婺城区罗店镇位于金华市区以北，这里有广袤的山林、肥沃的耕地、充足的水源，山水是它的底色，历史是它的底气，创业是它的主题。它头枕双龙风景名胜区，胸怀鹿女湖，一山一水自得风流，一村一寨各具千秋。

上天赐予罗店一个"盆景"，罗店人把它变成了"风景"，用双手辟出一条美丽廊道，成就"云想尖峰·花享罗店"的锦绣长卷。而鹿女湖，便是画卷中最生动的一笔。

鹿女湖藏在金华山半山腰上的鹿田村，海拔约520米，"玉女驯鹿而耕"的美丽故事，便是从这里相传海内。

鹿女湖是一个网红旅游景点，青年男女纷纷来此打卡，热度一直不减。夏末秋初的鹿女湖，被一场不约而至的小雨洗得格外清新，沿着蜿蜒的栈道惬意前行，雨后的阳光穿过云层，洒在栈道上，光影斑驳。不远处的鹿女湖，有云雾轻吻着湖面，那么缠绵、痴情，久久不愿分开。游人纷纷驻足，或屏气、注目，或举起手机拍摄，把这大自然的美好永远定格。

栈道很长，像一条绿丝带，在参天古树中穿行，一直伸向远方，孩子欢蹦着，在大自然中奔跑，天真而烂漫。栈道的一头连着茶山，无论是云雾缭绕还是清风拂面，那层层叠叠的茶山，到底隐藏了多少前尘往事？登山或者品茗，只需一次便会入梦。茶山的对面是一片沙滩，虽是人工沙滩，却匠心独具，光着脚丫走在沙滩上，虽没有椰风海韵，却也独享几分辽阔、几分浪漫。

正当疑入仙境时，一转身，一片质朴热闹的村舍将我带回凡尘俗世。饭庄、茶肆、酒馆、烟火……每一样，都能让你今夜无眠。

当我们身上沾满了春天，心里便装满了四季。罗店人的心里四季常青，他们奇思妙想、精耕细作，在小空间里做大文章，打造了独具特色的民宿群。

一百多家民宿、农家乐，忽如一夜春风来，千树万树梨花开。漫步在秀美的鹿田村，民宿鳞次栉比，装修典雅精致，取舍有度，既有传统的延续，又不乏现代元素，新旧文化的撞击，掷地有声。

推门而入，走进一家民宿，传来一阵悠扬的琴声，是谁在弹奏古筝？随手拉一把椅子坐下，泡一壶茶，与星空对视，与虫鸣对话，所有的繁杂、喧嚣顷刻间褪去，灵魂像被洗过一样。

民宿主人是一位返乡创业者，她告诉我，以前村民靠种地和打零工为生，年轻人都走了。这些年，乡村旅游带动了整个小镇，年轻人又回来了，老年人也忙得不亦乐乎，年收入更是翻了几番，现在的好日子以前想都不敢想。

　　那一夜，我像被什么东西轻轻地扯了一下衣角，留宿在民宿，一夜无梦。清晨起床，拉开窗帘，天空、山林、小溪、云雾、阳光、花海，扑面而来……

百丈之内皆风景

天空的飞鸟，风中的竹海，娇艳的杜鹃，穿梭的车流，幸福的笑脸，定格在我与百丈相遇相拥的每一个瞬间。在中国美丽乡村的画卷中，百丈之美勾勒出另一幅《富春山居图》。

一

流年飞度，光阴似水，再次踏上百丈这片土地的时候，它带给我的不仅是惊艳，更是欣慰与温暖。

都市新绿径，竹醉百丈溪。这个坐落在浙江余杭的小镇，像一颗浸润在时光里的绿翡翠，山连着水，水挽着山，山水之间是无尽的缠绵，处处真实，又处处虚幻。世代百丈人逐水而居，依竹而生，虽身处都市的背影，但只需一个转身便是风情万种。

对视百丈，我不敢相认。

曾经的乡间小道变成了滨溪骑行道，它将博物馆、溪口花海、中国解放纪念碑、法治公园等最具特色的景点串珠成链，百丈的自然与人文、历史与现实、荣光与梦想，因此突然生动起来。

每每想到百丈，身未动，心已远。

二

春看花海，夏看星海，秋看竹海，冬看雪海。百丈的四季，美得不可方物。

春日，阳光不急不躁，暖暖地洒在森林古道，放慢脚步，生怕踏碎这一路的姹紫嫣红、这一路的花香鸟语。最爱那一簇簇一丛丛燃烧的高山杜鹃，它们释放的不仅是流量，更是力量。

夏日的百丈，是热闹的。逢周末，各色车牌组成了一道亮丽的风景线，南腔北调不绝于耳。不用走太远，不用爬太高，就能轻松登顶独山，将美景尽收眼底。八百多米的海拔，带来了超值的美景，眺望远方，山峦秀美，奇峰林立，怪石丛生，竹林密布，每一丝空气都是甜的，每一口呼吸都显得贪婪。

如果喜欢在秋天寻访万物，首选百丈的杭宣古道。青石板、古驿道、马蹄声、小桥流水，多少旧时光，如飘零的枫叶，铺了一地。

每至冬日，百丈的石井山如约迎来一场"雾凇"，玉树琼枝，雪天一色，仿佛一个白色的童话世界。这时的百丈，别了春夏秋的人来人往，得一独处好时光。

三

午后的暖阳下，三三两两的村民围坐一起，抽着烟，聊着天，这是江南小镇经典的风景。我认真读过他们的眼神，除了无奈，更多的是对新生活的渴望。

在百丈，闲聊成了一种奢侈。乡村振兴带动了旅游产业，村民们都成了"斜杠青年"，有人在自家院里办农家乐，有人在竹林深处开民宿，有人重拾祖上的竹编手艺……青青翠竹，挺起了百丈的"脊梁"。

群山涌翠，竹海茫茫。一片毛竹到了百丈人手里，就有了新的生命，顷刻间化为一朵云、一枝莲、一抹朝阳，装点世界，映衬万物。在百丈，传统工艺变成了非遗传承，让"百丈体验"活跃互联网，点亮朋友圈。

当梦想有了翅膀，就会有它飞翔的天空。有多少人不远千里来到传梭博物馆，一睹"竹生万物"的神秘与神奇。竹编的纹路，在阳光照耀下，会投下非常奇妙的光影，让我们回归自然，感悟生命的真谛……

溪口文创街白天人声鼎沸，夜间灯火通明。谁能想到，这条普普通通的街，变成了一条网红街，想独处可读书，想惊艳随手一拍便是大片，公益书屋、竹趣屋、竹刻陈列室、玩竹工社、红曲飘香非遗体验馆，无论哪一处，都能给你另一种体验。

在一家民宿前偶遇一位阿婆，她正在送别客人。阿婆说，现在一个旅游旺季就能挣到过去一年的辛苦钱。阿婆喜欢吃糖，她说："心里甜了，吃啥都是甜的。"

常山"胡柚娃"

古道、古渡、古街、古村、古塔、古祠……去年，我第一次走进常山，常山留给我的第一印象便是一个"古"字。

春秋时，常山为越国姑蔑之地，战国归楚，秦属太末县。东汉建安二十三年（218年）建县，始称定阳。一千八百多年的建县历史，这在全国都是排得上号的，更何况是在"南蛮"之地！因此，常山这片土地留下了丰厚的历史文化遗存。尚书王韶、贤相赵鼎的施政故事，铁面御史赵抃留迹赵公岩，理学大师朱熹赐名古镇球川，常山江流淌成"宋词之河"，还有国家级非遗常山喝彩歌谣……所有这些，都是前人留给常山的文化瑰宝。

在我看来，"千年古县、慢城常山"就是一本厚厚的线装书。一走进常山，我突然放慢了脚步，静下心来，慢慢去品读常山，慢慢去感受她的博大与厚重。

从常山回来后不久，我意外收到了常山朋友邮寄过来的一箱水果——常山胡柚。朋友说，只有品尝过常山胡柚，你才算真正到过常山。

我笑笑，这不就是"不到长城非好汉"的意思吗？

今年八月，我再次来到常山，住在县城北郊金川街道的徐村。徐村东临常山江，江畔古樟林立、绿荫如盖，江中叠石盘座、姿态峥嵘，偶有一群鹭鸟掠过，在水面上投下一排鹭影。

好静啊！这就是我向往的"田园牧歌"，我没有理由错过。于是，我独自来到江边，坐在古码头上，看山，看水，看鹭鸟低翔。不时有淡淡的荷香飘过来，恍惚间，我仿佛看见一支船帮，从历史的那一头向我划来，桨声咿呀，帆影点点。我隐隐约约听见，有人在江边行走，一边走一边吟诵着：

梅子黄时日日晴，小溪泛尽却山行。

绿阴不减来时路，添得黄鹂四五声。

这是南宋诗人曾几的名诗《三衢道中》。曾几是一位旅游爱好者，在一个梅子黄透了的季节，天气连续晴好，曾几乘舟溯流而上，不知不觉来到了溪流的尽头，他改走山路继续前行。一路上密林深深，不时从林中传来几声黄鹂的鸣叫声，平添了些许幽趣。曾几触景生情，脱口而出，留下了这首脍炙人口的《三衢道中》。

在徐村，我还听到了一个有趣的故事，说的是常山胡柚的来历。故事有许多版本，有仙人点化说、孝子奇遇说、抚州陪嫁说、洪水送宝说，一个个说得美丽动人。我发现，不管是哪种版本，都出现了孝子胡进喜与八仙之首铁拐李的身影。

讲故事的讲得头头是道，而我这个听故事的，却一笑了之，毕竟每个地方都有民间故事，听听罢了，不必太当真。

从徐村回来的第二天，我有幸参加在杭州举办的动画电影《胡柚娃》全域上线启动仪式。让我出乎意料的是，《胡柚娃》就是由常山胡柚的民间故事改编的，还融合了水墨、剪纸等中国传统艺术，全片时长81分钟。

金黄色的皮肤，胖嘟嘟的身材，头戴休闲帽，身穿花衣裳……憨态可掬的"胡柚娃"实在是太萌了！影片中，常山胡柚化身为一个"小精灵"，小精灵被假果神陷害，师傅铁拐李随机应变，将他藏到宝葫芦中，一起逃到了人间。这时，孝子胡进喜正被当地豪绅欺凌，铁拐李被胡进喜的孝心感动，严惩了豪绅李公子，将除恶童子点化成造福百姓的人间仙果——胡柚娃。影片通过"胡柚娃"和"果神"的决战，将"胡柚娃"聪明、善良、孝顺、正义的形象刻画得栩栩如生。

又是一个新的版本！我不得不佩服常山人对胡柚的一往情深，这需要有多深的感情啊！

朋友告诉我，常山是中国胡柚之乡，种植面积达十万亩，年产十四万吨。常山以胡柚为原料，陆续开发出十余种衍生品，胡柚青果切片"衢枳壳"还荣登药典，入围新"浙八味"。"胡柚娃"形象最初诞生在2013年，曾亮相中国国际动漫节、上海国际电影节、法国戛纳电视节，还斩获了多项大奖。"胡柚娃"因此成了常山的形象代言人，常山胡柚也从一种水果转化为一个品牌IP。

"葫芦娃，葫芦娃，一根藤上七朵花……"20世纪八九十年代，动画片《葫芦兄弟》风靡全国，七个勇斗妖怪的"葫芦娃"成为我们这一代人的偶像。

此刻，我衷心祝福常山，祝福"胡柚娃"成为新时代的偶像。

荷香胜地付流年

荷塘不临山，触却可及云。荷花小镇满载圣洁的风景，温婉而蜿蜒，干净且纯洁。我不知它的故事从何时起，只知道坐落在岁月里的它，就那样静静地……

早便听说，赤溪地处黄土丘陵，土质红赤，物阜民殷，蜿蜒缠绵，是兰溪六大街道中人口最少的一个街道。荷花小镇便坐落于此，遥望午梦扁舟花底，注视着荷叶绵延起伏的荷塘，走近它便有一种无比的亲近，只要你用心去体读，便有香满西湖烟水的情怀。

其实，赤溪，有太久远的故事，在岁月的长河里，发生在它周围的，发生在它身上的，一直清晰地铭刻着！

荷藕相约，美丽赤溪。新时代中的荷花小镇，最是值得期待的风景！

这般静地，最是适合我等素衣前行。

走近荷花小镇，季节流转，春夏皆是它，一缕清风，荷叶相伴，像是它与世无争，安静祥和地陪伴着赤溪的人，蜿蜒曲折的小路，见证了正当华盛的岁月，这种气息，仿若水际轻烟，沙边微雨，总能带给人无比的生机感。

此番奔往，依旧不虚此行，仿若"昨夜愁勤雨，今朝喜懒风"。步行在老街上，大雨冲刷过的青石板路愈发显得厚重、沉稳，踏在上面，整街氤氲着浓浓圣洁，油然生出一种沧桑感，使人流连忘返。

如若继续向前探步，便是到了常满塘村，尤有"金台斜岸北，玉塔正船东"，远远望去，那俨然是一口池塘，叫常满塘，有"兰溪第一塘"之称，石桥倒映，杨柳依依，微风熏熏，荷花争艳。

追随着荷香气息，像是心情早就可驱车驾马，如履平地，之后的，便是略微热闹，星星点点是那三五游人，赏荷花、采莲蓬，映在眼后背景里的，是花海通道、观鹭桥、白鹭洲、三让长廊、荷风池、清心庭院……

仙境不可如，却也颇有喧嚣隐暗情、作意定留侬的脱俗。

这满目的荷花终于映入眼帘了，却已是黄昏了，随着夕阳西下，我反倒静下心来，干脆等着月上柳梢头，欣赏这不同常情的月下荷塘。

薄雾如云，缭绕温婉后，便是清虚骚雅了，空气中暗香袭人，天光云影间，花容水态貌给人一种幽静温馨的氛围，荷上明月，山黛空蒙，月波流转，倒蘸波间，融成一个清幽朦胧的境界，心中不禁默念："道生一，一生二，二生三，三生万物……"

不觉地，夜已深，容我新词铸句，简语书章，一曲听风岚，一案墨中词，写不尽这圣地般的牵魂梦绕，任凭春云覆苑墙，管它晚色静年芳，只愿，从这里走来，从这里走去……

我仰望荷塘的那月光，沾染着梦里的翅膀，整个荷花小镇都山眉水目、顾盼含情起来，我的心也静下来、沉下去，化作一朵荷花，捧一弯年岁物换，轮回于这厚重流年，灼若芙蓉出绿波，不负青春美少年！

善为文者，自带仙气

古今中外善为文者，定自带仙气，翩翩然令人倾慕；能文者多喜行走，踏千山万河，洋洋洒洒的文字与目中之景，相得益彰，何等飘逸。

若说游记，必须膜拜徐霞客。那"万里遐征"——《徐霞客游记》成为无数后人追随又难抵的自由彼岸。

穿越400年历史，今天我要与徐霞客先生来一次时空之约。

踏上金华这片土地，我有一种莫名的自豪感和归属感。乡土浓郁、乡音萦绕，原来生我养我的这片土地也同样让徐霞客先生神往，与霞客同行，走在金华山"霞客古道"上，脑海中浮现他当年从兰溪经水路抵达金华，沿路领略道教第三十六洞天的景象，先人眼中的空灵和期许，就是我如今的情怀和追逐。

秋意渐浓，寓意着一路收获颇丰。我们驱车先抵金华山西麓的智者寺。这里有一条透着泥土味的蜿蜒山路，两山之间，开辟出或由鹅卵石铺就或干脆就是光溜溜泥土面的古道，每一步踏上去都感觉无比真实，高高的树木，斑驳的光影；古道依山傍水掩映在青山翠竹之间，田园阡陌、斜阳小桥、雾霭烟雨，美不胜收。

一路上，我们深深地呼吸，不是因为疲惫，而是这山间的空气清醇得让人上瘾，一口接一口，不觉累，也不觉厌。遥想当年，霞客先生还不懂什么叫作环境污染，也许在他心中，美景才是天赐，空气只是自然，让他没想到的是，时至今日，连呼吸这新鲜空气都变成了一种贪婪。

古道起点不远处的智者寺很安静，透过翻红的围墙，圣香袅袅，来往行人的脸上都写着虔诚，让我不禁想起"智者乐水，仁者乐山"，山水之间，竟然让霞客先生有了"步入桃源不知归"的醉意。

世间无常，人与人的相遇需要我们或多或少地投入情感，期待回报；但自然却不一样，它像极了一个博爱的人，能容纳下所有情绪，然后不动声色地令人平和。

再说"霞客古道"，如今的美是文化延伸的美，曾经的"霞客古道"一度杂草丛生，在时光荒野里残破坍塌多年。自2012年开始，金华双龙管委会下大力气重新恢复了其中一段，才有了如今繁华如梦、一眼千年的景观。

每个时代都会有"奇人"，行走在"霞客古道"上，越觉得徐霞客这个"奇人"当之无愧。

攀登金华山，触碰云雾的时候，内心被它湿润；自然的伟大，自我的渺小，被包容的豁达，被宠爱的骄纵，一时间，万般情感涌上心头；在难以割舍中学会了放下，在求之不得中学会了舍得，我便猜想，霞客先生的一生，应该就是在走走停停之间懂得了人生的真谛，于是他坚持一直走下去。

遇见斗鸡岩的时候，我仰望棱角分明的岩壁，任时间打磨，它们依旧锋利坚硬，守护着岩石的姿态，没有人去雕琢和打磨，唯有风能悄然改变，一天天，一年年，多少人仰望、俯视，它依旧是它，岿然不动。

步入仙瀑洞的时候，已经有了些许凉意，这里"冰壶以万斛珠玑为异"。在我看来，一切费尽心机的人为修饰，都不如自然天成，之所以被称为奇观，就是凝聚了天地精华，呈现出令人惊叹的美。

一路曲折，感受着"霞客古道"的风韵与文化，疑惑在岁月更迭中，为什么唯有徐霞客像侠客一般，将这游荡的故事记录下来并流传至今？

我虽文人，但比起先贤还是少了些责任和传承。

流连于"霞客古道"，我看清了古往今来风景中的变幻万千，懂得了人与自然的奇妙对话，这是一种尊重，也是对自然的一种膜拜，更是寻找心灵期许的一次跋涉。

未来之路，必定通向远方；那远方在哪里？其实便是脚下。若我有梦，便会怀揣着"徐霞客"再行再走，走走停停中也像他那样，记录人生的起伏与曲折；若我不及他的"至死不渝"，我也要做个融于自然的人，无论世界多嘈杂，我都能听见风声里的虫鸣，这，不也是我倾注一生执笔追随的梦吗？

高墙中的向日葵

秋风渐凉，人也清爽许多，我在镜前化了淡淡的妆，选了最素雅的衬衫长裙，搭配成最温暖的颜色，心情有些沉重，但出门前还是调整了最得体的笑容，因为今天我要去的地方，是我从未涉足也不想涉足的地方——女子监狱。

一路车行，目的地——金华汤溪（浙江第二女子监狱）。我们看着窗外的风景，天高云淡中我们穿越城市的车马喧嚣，遇见了那扇高高耸起的铁门。

沿着铁门向上望去，钢筋水泥、高墙电网将天空切成了两半。狱警向我们敬礼，说话得体庄重，我突然有泪想涌出，一种无法言说的压抑涌上心头。

我拖着长裙和朋友结伴向前，我们小心谨慎，就连路边的花草都不会轻易碰触。

走进工作区，犯人们正在埋头工作，空气中的威严将参观者和服刑者自然隔绝。我们能看到，偶尔有人向我们投来关注的目光，而这目光只在我们身上短暂停留，就瞬间闪躲，她们在避忌我们，我们也不愿和她们对视。莫名复杂的心态在作祟，也许是怕她们看见我们长着自由的翅膀，也许是怕她们看见我们漂亮的衣衫，也许是不愿意记住她们悔过的眼神，太多也许，将我一点点带入她们的生活空间。

走进犯人的房间，淡黄色的墙面，散发着柔和的光；整齐划一的内务，与军队好有一比，没有太多私人物品，也没有什么特殊的女性痕迹，简简单单中我发现了与墙面同色的淡黄色被子。同行人赞叹，多人性化的设计啊，完全符合女性的气质，而我眼前却不由得浮现出无数个长夜里，她们用被角擦拭泪痕的样子。

即将离开她们的房间时，我的目光落在一小块门牌上。一个房间，12个人，每个人名后都对应着小小的卡通表情，或喜悦，或悲伤，或平和。听狱警说，这是监狱的特殊设计，有了它就能及时掌握犯人的情绪和心理，及时排解，及时开导，避免抑郁和极端行为的产生。

狱警讲得很官方，掷地有声的话语间掺杂着中国法制中的情与理。中国的监狱，束缚了人的自由，但从不践踏人的尊严，即便囚服在身，也可以活得体面，这就是中国，一个温暖如初的国度。

想到这里，我隐隐的悲伤被这秋日的阳光晒干几分。原来，最大的勇气是活着，最好的归属即当下。

监狱里一应俱全，宿舍、活动区、工艺区、劳动区、食堂、浴室……每个地方既展示着它的功能又彰显着它的规矩。

也许人就是因为失了规矩才慢慢滑向犯罪的深渊，人生路才会走错，于是来到这里，再次修行。

中餐在监狱新开的咖啡书吧解决，温馨的小餐厅，洋溢着文化的幽香，这不是为犯人准备的休闲场所，而是为狱警们提供的工作休闲空间。

回家的路变得悠长，阳光就在头顶，每个人的影子均匀而粗壮。不远处，我看到一大片金黄，原来在监狱的大门口，两大片向日葵种植基地赫然呈现在眼前。

那金黄是沉甸甸的硕果，是鲜活的生命力，更是无数美好的期待。为何我来时不觉美，离时又满眼不舍？

我们走进葵花地，细秆长长，绿叶片片，傲立众草，只为骄阳。我心中暗想，这片葵花不知驱散了多少阴霾。它象征着新时代的阳光执法，它象征着重获新生的绽放与自由，它述说着雨打风吹后依旧向阳而生的自强不息。

离开那片花海，我脑海中映出女狱警喝着咖啡的微笑，女犯人点头鞠躬的微笑，同行人鼓励加油的微笑，向日葵纯洁如初的微笑。

我从未尝过被人禁锢的滋味，所以我体会不到黑暗带给人们的迷惘；我从未被人折断过翅膀，所以我至今能在天空翱翔。自由，就好像赖以生存的氧气，触手可及，但往往忘了珍惜！

距离参观结束已有几日，但我仍能清晰地记得踏入时的真切感受。人生路长，每个人都有特定的轨道和路线，虽目的地不同，但是路径始终笔直，不同的只是路边风景和偏离目标的岔道。那些待发者、上路者，别因贪恋路边的风景而忘记前行，别因寻求捷径而误入岔道。我想，每个人都是向阳的葵花，只是有人散落在世间，有人误入了歧途。

再见，高墙中的花海；再见，灵魂交换的"处遇空间"。

武义小隐记

一、武义是隐逸的

是年，以为春姑娘按下暂停键的时候，她却悄然开启了春天之门。

推开窗，柳花满香扑面，山川矗立远方，云巅是困不住的遐想。一瞬间，脑海中跳出一座城的名字。

来一场说走就走的旅程吧，不带杂念，不带牵绊，心灵的每一个小孔都敏锐地等待着接纳春天。

北纬30°线是一条神秘而又奇特的纬线。而武义，位于浙江省中部，素有"江南桃花源"之美誉，就处在这条神奇纬度线附近。此刻，她就像一位交情至深的老友，等待着我。

味蕾似有记忆，心灵一定也有。一年前，我来到武义，她与想象中的逸静别无二致。有人说，恋上一座城，是因为城中住着某个喜欢的人。其实不然，这座城本身就是令人朝思暮想的窈窕女子或是谦谦君子，虽不算惊喜，但足够品味和享受。

初识武义是个盛夏。目之所及，美得灵动，绿的绿，红的红，栩栩如生的色彩，织就武义山水云间的画面。那一次，我走走停停，却只去了一个地方，这座小城就此驻扎在我的心间。我总能想起牛头山的清风抚摸我从城市穿越而来的肌肤，总能想到夕阳闲趣的时光中孩子们的放肆玩耍，总能想到那一盏针形茶留给我的意犹未尽。

风景各有不同，但我对武义的喜爱，只有一种，宛若那只飞舞的彩蝶，找寻到心灵自由放飞的隐逸胜地。

二、武义是甜美的

一杯暖茶，是武义人对远方朋友最诚挚的热情。

武义盛产茶叶。茶香引我入茶园。石鹅湖畔的茶园，有一眼望不到边的绿色海洋，一梯一梯的小山包被茶树覆盖着，茶农远远地向我招手。我踮着脚尖轻轻地穿梭在一排排整齐列队的茶树之间，指尖抚动着茶枝，那些鲜嫩的小芽儿偷偷地伸出脑袋，在摇曳的风中向我招手，向我微笑。

爱茶如命的我如果给万千茶宠排个名，当数武义的"武阳春雨"名列前茅。

当一天的疲惫在沸水倾泻间云消雾散，随之升腾的幽香能夺取人的魂魄。从传统茶叶到有机茶，从大众茶到名优茶，"一场春雨后，云雾遍山乡。多少品茶客，开怀话武阳"。如今，

"武阳春雨"声名远扬，悠悠茶香令无数茶客魂牵梦萦。

有人说，民以食为天。了解一座城，除了品茶，还有果腹。武义菜充满着浓郁的古朴风味，拔丝芋头、豆腐酿、土鸡煲、红烧小溪鱼等都是当地的特色菜肴。而此时，"宣平八味"足以告慰我困乏的味蕾。女人大多爱甜食，吃一口千层糕，转头望向窗外的蓝天，候鸟不知飞向何方，而我的胃已有了满意的反馈；艾草麻糍是必点的美食，尤其在这春日时节，每一点新绿都是对春的渴望……

三、武义是厚重的

怎能把这一本书，用几句话概括呢？如果像倒豆子一样倒出，那美景就变成了"明信片"，而我在翻开这座城市的第一页，就决定把心也留下了。

青山隐河上，打马过江南，旧时江南景，就在我眼前徐徐展开。

白墙黑瓦间，这里空旷些许，隐约也听见琴声的悠扬，闻到了丹青的幽香。没有人知道这里留下了多少故事，但青砖的色彩足以证明它往日的喧嚣。

这是一座古民居历史博物馆，绿柳桥边，黛瓦白墙，木雕门楼，深邃天井，每一步的行走都是在古往今来中穿行，每一次抚摸都是在今世来生间找寻过往。

在璟园，近百座古建筑承载着江南旧时的风光与恬淡，每一座都蕴含丰富的历史沉淀。一座一座充满仙灵气息的亭台楼阁，木廊上那些精雕的花纹，让人依稀察觉到繁华褪去后的痕迹。与其说这里是一个庞大的古建筑群，不如说这里是一个时代文化的缩影。

驻足在璟园的古戏台前，我仿佛见到鬓发已白的曹芳儿在悲愤哭诉……这令人唏嘘不已的场景出自江浙一带广为流传的古典悲剧《双玉蝉》。主人公曹芳儿抚幼婴，解婚盟，悄隐退，身上闪烁着中国封建社会妇女的质朴良善和深明大义。而主人公的原型就源自清代雍乾时期的武义寡妇祝氏，那座穷及祝氏一生的大宅院就坐落在璟园之中。

天地之大，方知自己的渺小。置身于璟园中，才知道这世间所有的色彩都是由黑白变化而来。所谓戏如人生，人生如戏，在这叠加交叉的历史进程中，武义的百姓阐释了曾经的辉煌，演出了当今的精彩。

收起油纸伞，展开童话卷。

离开璟园，慕名而去的"童话村"叫碗铺，清一色的黄泥黑瓦，果然像个童话中的王国。此时此刻，真的要感慨一下这座城市的规划设计者，这动漫一般的村庄，不就是我们每一个人的孩童梦吗？

玉米秆上的几只青蛙像在密谋特别行动，不远处的山顶有几幢风格不一的建筑群，恰似童话王国中的城堡。当地人介绍，那是一家名为"随园"的民宿，主人是一位从大城市回归田园生活的游子。"随园"或随缘，碗铺中的随园，这里的每一个名字都那么让人心中欢喜。

我是一个念旧的人。一年前，我驻留在民宿"一水间"；一年后，我又踏进了熟悉的天地。

推开旧木的小窗，梨花先人一步，迎着牌楼的婀娜与俏丽，"一水间"与我，就这样相看两不厌，隐在这山重水复之中。

有人说"心中若有诗意，处处都是桃花源"，很多人恰恰相反，总是先误入桃花源，才感受到诗情画意。武义作为诗人笔下的桃花源，夜晚能听见星星眨眼的声音。"良辰美景奈何天，赏心乐事谁家院"。低眉垂眼的武义，到了夜晚，面容披上了薄纱，不由让人驻足欣赏。泡一盏从茶园带回的茶，吃一口这里有名的油炸豆腐；或者吃一碗宣平馄饨，听一听畲族山歌……

我疯跑在童话般的世界里，不料却与"畲族姑娘"撞了个满怀。

在武义，有一个柳城畲族镇，让你时刻都能听见他们的双音山歌。走进一家畲族风情店，老板娘向我介绍当地新娘的一些头饰与服装。得知店里的饰品全是她手工制作的，我不禁大为惊讶。

闪光的银器高耸，冰冷的珠串如帘。我与同伴各自穿戴着服饰移到镜前，大红的新娘装，宝蓝色的花冠映衬着我们的一脸满足，此时此刻，镜子里的我们已然是畲族盛装的新娘。

沉浸在网红打卡地，我知道，心灵的契合让我们融进了这里的文化，似乎已是这里的主人。

四、武义是博爱的

庄子曰："乘物以游心。"武义的好山好水，曾引得游历名山名水的诗人孟浩然在这里连住三天，并赋诗一首。当时，孟浩然还未名震四海，失意之际到访武义，便借宿在武阳川渡口边一个陌生的小村庄里，但村民却让这个离家的游子有了归家的感觉。被武义的古朴民风和浓郁热情感动的孟浩然，在临行前写下了《宿武阳川》：

川暗夕阳尽，孤舟泊岸初。

岭猿相叫啸，潭嶂似空虚。

就枕灭明烛，扣舷闻夜渔。

鸡鸣问何处，人物是秦余。

田园诗人邂逅武义，也许就是历史留给武义的线索。若问武义人觉得应该用什么诗句来形容自己的家乡，大多会选择"人物是秦余"。勤劳、善良、好客，秦余古风依然是这里独特的风情，这风情也告诉我不能错过这别致的韵味。

一千三百年后，跟随田园诗人足迹的我，依稀以为自己前身是某个寺庙中的灯火，若不然，为何让我对武义延福寺这么情有独钟。

武义延福寺，是江南著名的元代木构建筑之一。去寻找延福寺，是因为痴迷于林徽因和梁思成的爱情，也因为他们曾经如我一样踏上过这片净土。

唐宋时期的幽静小路早已不在，但古刹的安静没有被破坏。我在靠近寺庙的时候，感觉自己的心灵已然逍遥。

这就是寻佛的意义，人还在路上，心早就抵达佛堂。

从低处向高处行走，每一步都像人生的不易。延福寺属于灵隐寺的下院，整座大殿梁柱之间不用钉不用榫，完整地保留了元代木构件斗拱建筑艺术的风格和构造特征。

我们默默注视着1934年《林徽因攀缘延福寺中厅柱梁》的图片。时过境迁，也许当年的爱意早已成为过往，但古刹的明灯中似乎从不缺少承诺。

若我是盏明灯，我愿为古刹而亮，让那些经风雨、经磨砺的人们寻着我的光来，带着我的光走。

作别延福寺，我把梁思成和林徽因的爱情留下，把山高路长悄然带走。

牛头山脚下，天气微凉。山径上新添的足迹见证了我的奋力登攀，清新的负氧离子赐予我无限酣畅的呼吸吐纳。这种沁入心肺的诱惑，不禁令人难以抗拒。

呼吸是生命的赠礼，大山是自然的恩赐。置身于"江南华清池，浙中桃花源"的牛头山，才真正领略到国家森林公园的美誉名副其实。

"水是眼波横，山是眉峰聚。"

满眼都是新绿，生命的呵护就在此地生生不息。山路两旁，千树万树萦绕山间，人虽然少了，但鸟鸣声不绝于耳。树影婆娑的山林间，我们终于可以放肆地摘下口罩，自由呼吸。我们与大山中的植物对话，和着不知姓名的鸟儿歌唱，学着半山腰的风儿呐喊……

原来，人类真的不可以轻忽大自然，但当我们回眸时，那些山川河流，依旧张开双臂，不计错过，依然欢迎我们，等着我们入怀。

五、武义是恋旧的

天色渐晚，归途有时。就着暮光，来到熟溪桥，它是武义市区一座木石结构廊桥，位于武义江上，是我国现存古代桥梁建筑中的艺术珍品之一。日出时，它是守城的侍卫，昂首挺胸守着一城的百姓；日暮时，它是张开双臂的父亲，一臂挽着儿女，一臂挽着长夜。

我踏上廊桥，看桥下的风景，水流声从很远的地方传来。听说世纪之交遇到了百年不遇的大水，熟溪桥坍塌。武义百姓一夜间自发捐款重建，便有了廊桥涅槃后的样子。

走到桥的一侧，仰头看见那八百年依旧高悬的匾额，再回首，这座桥承载了武义人的记忆和情感，它一样守护着武义人的平安。

桥通着人心，桥牵着缘分，桥连着这里安居乐业的百姓和外面的世界。只一眼即万年，相信廊桥已经把我记住了，我把这里作为这次探春的终点，也设为下次旅行的起点。

不争花枝俏，犹怜天眼开。痴迷一座城的不是达到，而是为梦想找一个归宿。

旅人等武义，虔诚望云开。待到春意正暖时，山花烂漫总是情。

武义是隐逸的，放飞心灵来此渡；武义又是热情的，只等闲时君再来。

是为此行记。

那年径山飘来的茶香

夜晚入睡前打开抖音，撞入眼帘的竟然都是举着美食吃吃吃的小姐姐，说到刷屏率最高的，还要数杭州一家甜品店的抹茶千层蛋糕和抹茶奶盖，仿佛已看着那碧绿的抹茶粉铺满厚重的蛋糕，一股沁人的清香从屏幕中飘了出来。

网传这家甜品店的店主是从日本大阪创造社学习甜品技艺归来的，店内的装修风格也是中日混搭的风格。

提起抹茶，我们自然会先想到日本的抹茶文化，可是抹茶真的是日本的本土文化吗？其实并不是。

抹茶起源于中国，唐朝兴起，宋朝最为昌盛，却于明朝绝迹。我们现如今看到的日本的茶文化和抹茶，其实发源于我国径山，是由日本来宋朝求学的僧侣传去日本的。

《余杭县志》记载，唐天宝元年（742年）有一位名叫法钦的高僧奉旨来到径山建立了径山寺院，又将随行带来的茶树植于径山。

此后，他种茶采摘以供奉佛祖，"逾年蔓延山谷，其味鲜芳，特异他产"。而径山寺庙也有专门的茶宴招待客人，实际上是以茶代食。所吃的茶不是我们现在的叶茶，而是将茶叶经蒸青、烘焙、揉捻、干燥、碾磨等工艺过程后碾焙研制的"末茶"。这便是最早出现的抹茶原型。

十余年后，安史之乱爆发，"茶圣"陆羽隐居在径山脚下的双溪，写下经典著作《茶经》。唐玄宗天宝末年进士封演，在其所著的《封氏闻见记》10卷云："楚人陆鸿渐为《茶论》，说茶之功效，并煎茶、炙茶之法。造茶具二十四事，以都统笼贮之。远近倾慕，好事者家藏一副。有常伯熊者，又因鸿渐之论广润色之。于是茶道大行，王公朝士无不饮者。"说的是煎茶、炙茶、煮茶，而并非如今的将茶叶在沸水中泡制。

对于唐朝的抹茶制法，其实是蒸青散茶。蔡襄所著《茶录》有云："把团茶击成小块，再碾成细末，筛出茶末，取两钱末放入烫好的茶盏，注入沸水，泛起汤花品尝色、香、味，佳者为上。"这便是唐宋时期我国的茶道文化。

而抹茶又是如何淡出我国历史文化的呢？原来是明代皇帝朱元璋一时任性，改饮茶方式为叶茶冲泡喝汤，再将茶渣弃置，这一改革不仅断送了我国的茶文化，更是将茶叶中最有效的部分——茶渣丢弃了，实属大大的浪费。

而宋代前来径山求学的僧侣南浦昭明等人却将抹茶文化传入日本，并在日本形成了完整的茶礼体系，让茶文化开枝散叶发扬光大并传承至今，所以大家才会理所当然地认为日本是茶道之最。

　　尽管如此，径山至今仍没有忘记抹茶文化，依旧有数十条生产线生产传统蒸青茶，如浙茶集团旗下九宇有机食品有限公司的径山抹茶，不仅可以吃，还可以作为食物添加所用，味道清香醇正，功效奇佳，买回家便可以自制网红抹茶千层蛋糕。

　　毋庸置疑，抹茶是中国的国粹，是径山的宝藏。尽管由于历史原因使得我国茶文化中断，但中外许多行业专家都认为，中国径山才是世界抹茶之源。

烽火酒坊巷

因"酒"得名的酒坊巷，有着很多故事。微风不燥的午后，酒坊巷还未苏醒，这醉不是酒醉，而是心醉，心醉在刚烈的婺剧声中，心醉在老者刚直不阿的脾气秉性中，心醉在读不完又为之着迷的金华历史故事中。

倘若你在酒坊巷里醉过，你是否听到过那隆隆的炮火声？

朦胧中，我看到一处明亮，上边清晰地刻着"台湾义勇队旧址"，一张张旧报纸在我眼前纷飞，油墨的味道、青年的味道、战火的味道将我带到烽火的年代。

我知道，那是1925年的秋，树叶还未泛黄，秋日依旧浓烈，中共金华支部悄然诞生，仅有6名党员的先锋组织凝聚着强大的力量。旧时的热血人物，一时间涌上心头，像星火般闪耀在金华的夜空，从此，金华人民革命的斗争有了领导核心，金华人民的革命斗争历史掀开了新的一页。

抗日烽火连天，台湾义勇军在这里举起了大旗，酒坊巷的李友邦和台湾义勇队战歌嘹亮，壮志不已。

那是1937年，杭州沦陷后的日子，李友邦积极在浙江、福建两省奔走。因为地理上临近台湾，这里聚集了不少因为抗日、反日而被迫背井离乡的台湾同胞。又因当时的金华是浙江中部的一大重镇，既是全省公路交通的重心，又是浙赣铁路的枢纽，它与浙东、浙南各地都有公路相通，同时又是通向福建、江西及西南大后方的中转站。杭州沦陷后，当时的国民党浙江省党政军重要机关纷纷迁到金华和永康方岩，中国共产党领导的抗日团体、大批抗日救亡进步人士也都从全国各地汇集到金华。金华当下成为浙江的政治、经济、文化、军事中心。就在台湾义勇队成立后不到一个月，时任国民政府军事委员会政治部副部长的周恩来，从重庆经皖南来到金华，并在金华中学礼堂（现在的太平天国侍王府）做了题为《建军的重要性与社会军事化的实施》的报告，与抗日团体负责人谈话，并应邀发表演讲。学校礼堂里回响着他慷慨激昂的话语，小巷里回荡着人们难以平复的掌声。那一刻，五湖四海的人簇拥在一起，没有酒的醇香，但有酒的浓烈；没有醉的朦胧，但有坚定的信念。不知不觉中那团火已绽放出冲天的光芒。

战火还在延续，我看见了无数有志青年奔走在巷子里，他们手持短笔如长刀般威武，他们是金华血脉中最孤胆的那一滴，也是延续至今金华人骨子里的正义和忠诚。

"醉里挑灯看剑"是酒坊巷无数来客的品格。

漫步在金华地区第一党支部发源地，行走在八婺大地第一面党旗升起的地方，酒还是醇的香，血还是红的热。

这就是酒坊巷千面中的一面，历史可以刻在墙上，但故事必须留在你的心里。

时光染寒，岁月尚暖

    晨起的光还未照亮天际，北方的朋友早早发来兴奋的语音："我们这里下雪了……"点开图片，天地洁白，我的周身也被她们的雪照亮。看来，四季中最倔强的一季，也在用它的方式讨世界欢喜。

    我看着窗外熟悉又陌生的冬，竟也觉得几分寒意中夹杂着暖，这是独属于南方冬日的暖，山青不老、水流不滞的暖。

    慢走街巷，寒冷随着西风轻轻敲打窗棂，与风雪做伴的日子是清澈而浓烈的。岁月清浅，置身其中难免麻木而懈怠，而冬日带给人们的清醒是其他季节不可赋予的馈赠。冬的真实，是一阵寒风将你从暖床中扶起，凭借着毅力与冬的迎面相拥；冬的真实，是孩童成长的悄然发生，衣袖、裤脚的缩短与成人眼角的皱纹形成了鲜明的对比；冬的真实，更是亲人的问候和邻里的热情，在寒冷中带着哈气的"你好"，显得格外吃力和热情，目光相送的一瞬，彼此都感念：又一年，平安最好。

    我远眺山野，大地褪去了色彩的装扮，脚印被落叶抚平，厚土吞咽着冬雨，一口口吃下这个冬季所需的养分；枝头上再无绚烂，略显单薄的冬衣，刻画出枝头最风骨的线条；孩童们少了嬉戏玩闹，好似这样的户外慢走也是来之不易的体验。慢下来的冬日时光，有着休养生息的恬淡，殊不知，那些你看不见的光景中，也有与慢冬恰恰相反的火热。

冷风轻抚心绪，窗台上的迎春花不知不觉有了花苞。手握书卷，每一本都有记忆走过的脚印，看着书中的批注，铅笔画上的重点，有折痕的书角，那一刻的心绪爬上心头，原来不知不觉间，我竟也走过了那些难熬的岁月，像冬与春的自然而然，接受着命运的安排，又不停地与老天博弈。

冬日是思考，我们习惯在起点出发，在终点总结，哪怕下一程的发令枪已经准备就绪。我总能想到这一年的笑容与欢喜，虽然路难行，但那些踏过去的岁月，不知不觉变成了寒风中的梅花，每每想起，全是暖意。

冬雨不觉转成了薄薄的雪花，悠然自得地从天空降落，它在选定心仪的主人，然后搭在肩头，与其一路同行。樟树、冬青、玉兰、石楠等树木依旧裹着一身浓绿的长袍，仿佛在告诉世界，南方的冬，是这样风姿绰绰，是这样别有味道。

于是，我拿出手机，给北方的朋友拍照，一阵风过，树木的潇洒传递出这座城市冬日里的精神十足，层次分明的色彩搭配与北方天地一色的银装起舞合成了南北清晰的分界线。

没错，南与北、冬与夏，载满了我们对生活的热爱之情。

趁着冬日还在，伸出手吧，指尖的冰冷能驱散身体里的燥热；走出门吧，一年三季敞开的大门，因冬关闭，但却无法阻止人们外出踏雪的热情。

冬日是宽容，是原谅了一切发生，也接受着所有结果。我们总天真地以为，冬日来了，要以暖换寒，其实不然，有多少时候，是冬日的暖让我们学会了珍惜和包容，是冬日的暖让我们学会了张开双臂紧紧相拥。

岱海一线延

清风缓缓地送进窗子，一股甘甜的气息萦绕在身边，每每与朋友们谈起这些年走过的风景，让我至今无法忘怀的，便是那岱山的景致。也许有人会问：古有登山望远铭志之说，今有攀山挺峰回归之想，那岱山又是何处的名山胜川？

如果他们有幸去过的话，那么回荡在脑海中的记忆，不仅是登高之情，而且还是那清爽沁人的海风卷走酷暑的炙热，是那内敛的海水激起灵动的浪花，也是那清幽古刹萦绕的梵音，又或是鹿栏晴沙岛震撼灵魂的海祭。

浙江以东有舟山，舟山以南便是岱山。岱山的海岛正如银河陡然间散落在九州之上的数颗明珠，每一颗都有亮丽的色彩，每一颗都有令人难忘的惊艳。如山石林立置身如梦的双合石壁，又或铭刻千百年海誓山盟的四根石柱，还有江南烟雨下幽静的东沙古镇，可是最令我神往的，还是岱山的那片海，海上的那座明珠之岛——鹿栏晴沙。有诗云："一带平沙绕海隅，鹿栏山下亦名区。好将白地光明锦，写出潇湘落雁图。"

当清晨的东方初泛起一抹鱼肚白时，我已经登上渡轮向着鹿栏晴沙出发。曾有一位同样爱好旅行的朋友多次向我提起这片优雅婀娜的海滩，提起海洋文化节时当地渔村的盛世景象，看着她带回来的相片，她却唏嘘一句："再生动优美的语言都没法表达出那里美景的三分之一。"自那时起，我便一直记得那个美丽的地方，那个美丽的名字。如今立在渡轮的甲板，望着远处的鹿栏晴沙渐渐地清晰明朗，成群的海鸥在渡轮周围盘旋欢唱，渡轮驶过的海面留下两条长长的白线，白线或许蜿蜒，但我知道我将要到达的，正是我一直心心念念敬畏着、向往着的地方。想到这里，一种无名的激动与紧张霎时涌在心头。

天，渐渐放蓝，一轮红日从远方的海面缓缓破出，初踏上这片沙滩的时候，我不禁愉悦地微笑，那松软晶莹的沙砾在脚背流动，清凉的感觉顺着脚趾缓缓流上心头，竟是那般的轻柔细腻。我顺着海岸线向远处望去，海面飘浮着淡淡的白雾，茫茫雾气中已然见得几艘渔船出发赶海，脚下是内敛的浪花阵阵涌上沙滩，温柔地滑过脚背又匆匆退了回去，仅留下沁人的清凉与微痒的舒适。那一刻，所有沉积在心中的激动与兴奋都在一瞬间得到了满足。

恍然几步，日头已然悬了起来，云卷云舒，天空蓝得通透，映入眼帘的便是那层层叠叠的细浪，蜿蜒着一片一片向海岸赶来。一阵阵微腥的气息中混杂着海鸥清脆的叫声，雾气散去时，整片海岸如同撤去白纱的娇娘，至美的景象展露无遗。正是在这晴朗的蓝天下，悦耳的海浪声中，我沿着海岸线一路想要走到尽头，却只留下一串深深浅浅的脚印，在海浪的轻抚下无声抹去。

岱海的魅力就在于，无论你从哪个角度端详，它都风姿不同。置身于黄金的沙滩上，望着湛蓝的海面紧紧地连着碧天，那样无边无际、深邃神秘。小时候时常在书本上读到海岸的美丽，当时浮现在脑海中的海是那样磅礴无量，如今，海就端坐在我面前，我能够体会到的每一丝，都是海的温柔与祥和。浪花冲上海岸，有两个小姑娘正提着一只蓝色的小桶沿着海岸奔跑着，不时捡起一片美丽的贝壳，不时欣喜地在沙子中捞到一只小螃蟹。此时此景，伴着温暖的阳光和腥甜的海风，我轻轻拾起手边的一片贝壳，迎着强烈的阳光瞧着，那一片看似圆润光滑的贝壳在阳光的照耀下现出了层层纹路，那是它以前的主人成长的痕迹，也是这片海祥和庇佑的痕迹。

接近正午的时候，海岸边的人渐渐多了起来，这是一片青春灵动的海，岸边一群少年在沙滩上打起了排球，几对情侣正骑着沙滩摩托迎着海风追逐着。远处的海面传来一两声汽笛，是出海的渔船回来了，孩子们互相商量两句，赶忙奔向渔船停靠的码头。看着渔民们欣喜的神情，定然是满载而归，一位赤裸上身皮肤黝黑的大叔率先从船上跳了下来，一把牵过绳子在码头系好，此时已经有一群孩子欢喜地围在周围，想要讨些螃蟹小虾来玩。

顺着那平静的海面望出去，几只海鸥正在礁石上小憩，在金黄的阳光照耀下，泛着一点点白色光芒。我不禁开始感叹：就在这片看似宁静的海面下，有多少生命在栖息？此时此刻，又有多少生命在这片海中畅快地游弋着？我开始羡慕，羡慕海鸥可以每天尽情地在这片海面上翱翔，也羡慕海中的鱼儿每天都生活在这般清凉甜蜜的海水中，尽管会遇到危险，尽管要想尽一切办法才能生存下去，可它们都是这片海的子民，都生活在这般宁静美好的海域中。

在渔民家中用过了午饭，对着院子里张晒的渔网，呼吸着海的甜腥气息，不经意间望见了墙壁上挂着的平安旗。闲聊之中，得知这片美丽的海岸曾经被过度取沙，造成了严重的破坏，后来人们意识到人海和谐相处、营造可持续发展的概念后开始恢复生态，这里的旅游业也随之开发。如今，人们每年都用祭海的方式表达对海的敬畏，"海洋文化节"也成了这里的一项特色庆典，展现着海洋文化与现代文明交融的魅力。

傍晚时分，日头西垂，一片金黄的余晖洒在海面上，将这里渲染得如同童话世界一般。顺着来时的海岸线，我终于走到码头，看着欢笑的人群陆陆续续地登上渡轮，我忍不住回头望了一眼，白日里热闹的海岸开始静谧下来，退去的海水似乎将一切嘈杂带走，远处的房子飘起炊烟，院子里有一两抹身影在翻晒、修补渔网，渔歌号子缭绕，当真是岁月静好。

　　纵使百般无奈，我也只能浅浅地笑着与这片海作别。关于这里的一切美好，也只好化作记忆，在我未来的生活出现阴霾的时候，想起这一片蔚蓝的天、湛蓝的海，提醒着我，生命永远是那般美好，宛如海天边那一线，延展着、延展着……

非常道，金东道

人生茫茫有期，遥远的记忆，可触的现实，始终有一条道，不断演变着、进化着。曾在不同年纪去过金东，时光距离的多次重逢，竟让我以旁观者的角度，看到了金东的变迁与美好。

第一道 飞尘县道

浙江是吴越文化、江南文化的发源地，金东地处浙江中部，这片土地，本就柔情中带着坚强。史书有载，金华市域春秋时属越国，秦、汉为乌伤县，属会稽郡……时光演绎到了现代，我的亲身经历在金东辗转流长。

我生于20世纪80年代的兰溪，"山路难行日易斜，烟村霜树欲栖鸦"的状况已经荡然无存。年少时，曾几次去往金东，那时金东还是一个县，记忆中，空间以山为界，路程均靠脚板丈量。道路坑洼不平，简易土路以黄泥沙石为主体，路面薄弱处形成大大小小的水坑，星罗棋布。经常可以看见袒胸露腹的猪，或坑中闲卧，或躺在浑水里，如魏晋名士般悠闲。土路分岔出更多的小路，通往各个民舍。破败倾颓的竹墙厕所默立，土墙灰泥，粗糙泥坯砌的民舍在路边三两散落……

金东人上进奋强，但也习惯隐忍。亚热带季风气候下的生存，使他们两极分化，一部分人冲出藩篱，到外面的世界打拼，更大一批人则养成坚持到底的习性，固守家园。金东的很多地方，只有一座单边桥，行人、自行车通行自若，但开车的，必须单边过独木桥。独木桥承重有限，桥下是深水潭，要开车过桥，得经过技术和胆量的考验。

20世纪80年代初期，金东的交通以步行和乘坐手扶拖拉机为主，零星有些自行车，就如劳斯莱斯汽车般惊艳。我曾赶上过一个赶集日，听说那是拖拉机最忙碌的时候。要赶集的人得早早在拖拉机手的家门口等着，后斗装上松香桶或者猪笼后，拖拉机手一挥手，示意人们上车，拖斗马上变出几十只手，把男女老少都拉上去，哪管松香沾染脏手，也不理会猪笼里猪崽屎尿，只管挤得满满登登。上了车的，一脸幸福，没上车的，只得"望车兴叹"。拖拉机驾驶座多是敞开的框架，两侧还可以站人，一般是和司机相熟的青年，他们不急着上车。司机丢了烟头，拎着"之"字摇棍，对准柴油机，仰天沉臀，发力狠摇，柴油机顿时"突、突、突"地冒出黑烟来。司机锁好摇棍，端坐驾驶座准备行驶，三五个青年这才潇洒地跨上来，单手握铁杆，与司机谈笑风生，衣袂迎风翻飞，保镖般威风。遇上下长坡，司机往往会停下来小便一泡，吆喝道"放空挡啦，放空挡啦，不敢坐的下来"，下来就意味着接下去的路程只能步行了，人是从众的动物，谁也不愿表示胆怯。拖拉机熄了火，便开始慢慢下滑，速度越来越快，搭车的人两耳生风，路旁景物急驰后逝，颠簸的路面把刹车铁板震得咣咣惊响。长坡之下必有拐弯，那也是拖拉机速度最快的时候，司机拧着身子，努力掌控车头，车轴轧轧作响，车上的人随离心力的牵扯惊慌尖叫，眼见路旁的树木迎面撞来，心吊到半空中去了，呼的一阵如风一样，心随拖拉机滑到平坦处才停下来，司机再度摇转柴油机……

有自行车骑的，无疑是当时金东先富起来的一批人。凤凰牌、永久牌自行车与现在的奔驰、宝马汽车无异，自行车上户口，还有自行车证。学生们热衷于自行车自驾游，三五结伴，哪怕半程骑半程推，也是乐此不疲。

在遇到金东时，我已求学，跟随着同学又去金东。在20世纪90年代，摩托车开始进入百姓家庭。人货混载的龙马农用车风靡一时，上百辆三轮摩托车以每天十几趟的高频率往返于县城与乡村之间，没有维护的县道，变得越来越泥泞不堪。

当时，就常听到人们皱着眉头说："这路该修修了。"是该修修了！

第二道 残垣国道

正如"来去腾腾两京路，闲行除我更无人"，我第一次坐车上国道，到杭州求学，路面残破不堪，当时坐车要好久好久，全程胃里翻江倒海，痛不欲生——坐车如囚。

高中时去金东，曾坐过一辆病车，一个车胎螺栓出了问题，行驶可能导致后轮松脱。行程既定，无车可换，司机咬着牙开车前进，乘客闭着眼瞌睡。那是个漆黑泥泞的雨夜，司机开二十公里，下车紧一下螺丝，紧一下螺丝，又开二十公里，途中开开停停二十余次。我的记忆里，是司机瘦高的身子踩在套筒杠杆上使劲，身边还有勇敢的男生帮他打伞。我还站过一回车，当时是寒假回家，已满载的中巴车开到半路，十多个女生在路边寒风中瑟缩着挥手拦车，司机心怜，通通载上，挤得人恨不得脸贴着脸。我和身旁几名女生都剧烈晕车，开窗狂吐，脸色纸白，站到金东，自己的脚都找不着了。

坐病车，严重超载，现在想起来有些后怕，简直就是拿自己的性命开玩笑，可那时有什么办法呢？买到票，坐上车，就是幸运了，还有什么可嫌的？那时路况差，车辆少，堵车却几乎无处不在。对了，还有堵车，相信经历过的人都会终生难忘，开往金东的那道长坡也不知曾堵了多少年。长长的车队，从这边排到那头，短则几小时，长则十几小时、几天，车辆就像生病的肠胃，缓慢地蠕动、消化。直到现在，每次堵车时，都似乎能呼吸到当时焦灼的空气……

改革开放的浪潮淘洗陈腐渣末，正如金东人艾青说的："去问开化的大地，去问解冻的河流，去问南来的燕子，去问轻柔的杨柳……"面对新生力量的冲击，出现了普遍的阵痛、不适反应。

第三道 康庄大道

金东和婺城那时还叫作金华县，有首民谣这么形容：小小金华县，三间豆腐店，县头喊一声，县尾听得见。

那是旧时候的金东。如今的金东，已发生了翻天覆地的变化。在金东范围内，共有鞋塘、傅村、岭下、仙桥四个高速互通口，沿线出行十分便利，金东与全国乃至世界各大城市的时空距离骤然拉近。

高速公路四通八达，一座座隧洞、高架桥将视野抻直，让空间缩短。如今的金东道，真正是"非常道"，炭青镶白的高速公路宛如一条巨龙，飞越千山万水，直达外面世界。

当金华山静默了，半小时高速圈，内通外联公路网，那些连绵不绝的县道和国道的历史，将随科技的覆盖而渐渐消失在人们的视线中，留下的，只有云蒸霞蔚、苔藓墨绿，正如轻轻抹去台阶上的岁月伤痕，山岚轻拂，只剩古人们咏叹的石刻诗文。

20世纪80年代的人，改革开放起始年，正是我能记事的时候，我与改革开放手挽手成长：从泥泞艰难的县道土路，到拥堵不堪的破残国道，再到直面平直舒整的康庄大道。

白居易在《出关路》中写道："山川函谷路，尘土游子颜。"外婆离世后，我已经多年再未去过金东，午夜梦回却依然对这片土地魂牵梦萦。在记忆里、在现实中、在心深处，或许金东的人文精神已经渗入我的骨髓和生命，让我从未言过放弃、从未怕过跌倒、从未怯过挫折，正如那金东的道路，一直向前延伸着……

兰湖忆，拈菩提

兰湖如其名，蕙质兰心，溪畔轻扬，温婉荡漾。最为可贵的是，花由溪生，袅袅落落宛若菩提，与它的相遇，是生活的赐予。

"回廊一寸相思地，落月成孤倚。"前些年，我与兰湖擦肩而过，不想竟沉淀成了一桩心事。终是不下眉头，更下不了心头，于是便与友人相约，一同前往，颇有几分故地寻情的情绪在涌动。追忆的过程是对过往的温习，任何一个有关的片段，闻过的气味，听过的声音，如同海上不沉的岛屿，不断浮现。或许你以为时间是流水淘沙或者青苔布岩，可以让过去慢慢消失无痕。其实，那只是内心一个虚假的幻想，因为是过去，所以一切幻象都被锁定，所有画面都被切割。保存在记忆之库的，仿佛冰凌之花，坚硬有型，冰冷而又热烈地绽放，"菩提本无树"便是这个道理吧！

此时的天公也涂抹了几分颜色，空气湿漉漉的，天有些阴，不厚的云层在尽力遮挡着阳光，天地间雾霭迷蒙，背后的光透过云层，一路上都溢彩流光。尘世烦忧，荒了心，苍了颜，寂了海，寞了天，一下子都被向耳后冲刺的气流冲散了，淡淡地、朦胧地。就是在这般心境下，终于再见它，却是没了"背灯和月就花阴"，只有孤年踪迹孤年心。

近往至，却还有几分忐忑了，怕是惊了心中留存的情结。虽然无数次提醒过自己对美好事物的克制，此刻却依旧被美景震撼了！眼里心里装满的都是纯净：碧水蓝天，流光掩映，树木青葱，百花齐开，光影斑驳，水墨皆香，清风拂拂，柔然养心，白云朵朵，潇洒飘逸，蝶舞花飞，湖面无限的静谧与清新，犹是草地碧绿一片，高大摇曳的樱花树，成群铺满的紫色野花，夹道的青树干，还有不可或缺的鸟鸣，组成了与记忆相呼应的完整。或许没有天之巧合，此时竟是行人寥寥，成群白鸽在地上霸道逍遥，寻寻觅觅着什么一般。岸边的草软软的，草与水相连着，依偎着。须臾的岁月静好，让天地与兰湖都安静下来了。沿岸的树已经合抱粗了，远远望去，婀娜多姿，葱葱缀绿的小草如朝圣般涌入兰湖心，像是也能流淌出水儿一般蓄积，有的还开着淡淡的微小的黄花，恰似一汪湖水翡翠般镶嵌，仿若一尺华丽，三寸忧伤，若能拈一朵情花，呷一口岁月无色的香。

走上观景桥，是沙滩、水道、栈道、绿植、铺满地的紫色芝樱花。远眺过去，是迷雾苍茫，在太阳透出云层的刹那间，湖水金色点点，碧波荡漾，继而又蒙上了缥缈的面纱，碧绿向四周侵袭，它伸展着四肢，脉络辐射，像是有阡陌禅香阵阵漾来……不禁口中念着"春来江水绿如蓝"，望那微风吹来，波澜不惊，水波不兴，兰湖清澈明净，波光潋滟，那偶尔低飞的水鸟无时不在告诉世界——这一切属于它，甘愿在温柔的水乡迟迟不愿醒来，轻轻撩起视线，日光也来凑热闹，洒下粼光无数，让湖水一下子就流进了人的眼一般，连心都跟着清澈起来，幻化成一泓湖水，映射出好一番美景，正是水天一色无纤尘，疑似仙境落凡间，拈香一瓣，记前生。

倦眼乍低缃帙乱，眼睛还未定情，耳边又传来叮咛，那湖水轻轻击荡浅岸，水与石相触发出的轻轻呼吟，这杳寂天籁，也不知到底是从兰湖传来，还是它根本就是发自我的心间，也或者是发自空阔的渺远，这般空灵的悠然感，像极了我平素流连的静谧世界，雾腾腾透着青草香的兰湖水汽，如声声呼唤，思绪缠绵，溪流轻轻渗透心底，那是妙曼的飞舞，幻化成心灵的独白，如同新翠汀树在欢歌，声声悦耳，声声催忆当初！

躺在草地，不知不觉间，绿树阴浓，日光放长，枕函香，花径漏，我慢慢闭上眼，体会着这安静与温柔，那倒影入湖塘，水晶帘动微风起，满架蔷薇一片香，心中繁华已逝，湖光潋滟显澄明，如画群山醉心海，就像是我心中的《瓦尔登湖》，恬静的湖，心灵的湖。有些记忆中的美好，就在我放任思想漫游时映现，我愿意回过头再去追寻，因为那承载着我读过的书、爱过的人、走过的路，藏着我的个人密码，就如此次的兰湖忆行，在一滴水即将干涸、一朵花将要凋谢、一只鸟雀行将飞远的瞬间，铲地梨花，彻夜东风瘦，悄然拈起岁月的菩提……

小镇棋语

　　绿水青山，白墙黛瓦，阡陌交通，鸡犬相闻……这是义乌市上溪镇溪华村留给我的第一印象，她与众多的江南小镇大同小异。而当我走进溪华村，徜徉在大街小巷，满目皆是各式各样的民间棋盘、棋谱，棋元素与村庄水乳交融，构成了一道独特的风景。这里的一切看似风平浪静，但我分明感觉到了这平静之下的暗流涌动——溪华既有江南小镇的共性，又有自己的个性。

　　初遇溪华，我就爱上了这个村庄。在与村支书陈建波的闲聊中，我读懂了溪华的前世今生。

　　溪华，是一个历史悠久的古村落。不知什么原因，也不知从哪朝哪代开始，这里的村民爱上了下棋，大部分人都会下几种棋，对民间棋有一种深深的感情。农闲时节、劳作之余，村民们便会在街头巷尾的古树下摆上棋盘，切磋棋艺。一马当先卒首俘，二线出车寇尽诛，金戈铁马扫顽敌……刹那间，楚河汉界，狼烟四起。而围观者，则观棋不语，颇具绅士风度，但只要一人败下阵来，另一人立马上阵，他们是不会放过任何下棋机会的。

就这样，一代又一代溪华人在棋盘上生活着。

在义乌，"溪华人爱下棋"是一个公开的秘密。言外之意，溪华人贪玩，在"鸡毛飞上天"的年代，这话说得有点重。溪华人大度，他们并不计较，棋是溪华的魂，魂是不会丢的，也不能丢，更丢不起，因为魂在，溪华就在！突然有一天，溪华人发现，这小小棋子其实大有文章可做。

于是，一个"棋乐小镇"横空出世！

建在溪华文化礼堂内的民间棋博物馆，颠覆了我对"棋"的所有想象，九格跳棋、梅花棋、回字棋、送货棋等百余种民间棋，刷新了我对棋的认知。喝一口香茶，取下悦读吧上的棋谱，一边喝茶一边读谱，我仿佛置身于江湖，潇洒自在，无牵无挂，断了所有的念想。

象棋作为传统棋类益智游戏，是中国的国粹，有着悠久的历史。以棋会友，以棋为媒，"棋乐小镇"溪华，已多次举办浙江省象棋快棋公开赛等比赛。最让人津津乐道的是浙江省首届"棋乐小镇·溪华杯"象棋特色示范村联赛，来自乐清、宁波、温岭、义乌等地的十支队伍六十余名选手参加了比赛。室内，选手们在小小棋盘上斗智斗勇，调兵遣将，各显神通，将"楚汉争霸"演绎得淋漓尽致。而室外，一场"象棋真人秀"正在上演，偌大的操场成了大棋盘，村民成了棋子！战鼓声声中，他们在棋盘上过河越界，左冲右突……

如果能把兴趣当成工作，把工作当成兴趣，那一定是人生赢家，幸福满满。在我看来，溪华人是幸福的，也是幸运的，他们爱棋，赋予棋新的内涵、新的使命，为天下"棋痴"创造了一个其乐无穷的"棋乐世界"，也为自己开辟了一个新的产业。如今，越来越多的游客走进溪华，或因棋而来，寻一次对弈；或因缘而聚，求一方宁静；或因美食而至，这里的生态黄桃、土豆、生姜，一直在挑逗他们的味蕾。

人生如棋有进有退。在"棋乐小镇"，你分分钟就能找到一个村民与你对弈，上至耄耋老人，下至光屁股的孩童，都会奉陪到底，让你沉浸在棋的世界里，千军万马，挥斥方遒。而你，或许在举手投足间，便有了顿悟。

宛象青珠却尘缘

——象珠游之感深

又是五月来临，花羞却作有情生，感激东风，吹出娇红，飞入窗间伴心侬。今年这个时节，最好的一场遇见，便是来到象珠。

象珠于浙之中段，压卧永康，星分丘陵，地接平原，物华天宝，人杰地灵，龙光射牛斗之宝带河，墨豪官宦及佛子之榻，象珠"雄州雾列，俊采星驰"。这本就是一个吸引人心向往之的地方，无处不是草萋萋，无处不是花为泥，却就是这样引我来往之、心定之、情念之。

许是突然远离了尘嚣，进了这象珠如梦，小镇古朴典雅，净似天堂，宛如仙境。空气里弥漫着温暖的气息，如梦如幻的雾气夹杂着花香。长街曲巷，那一口古井，在阳光下诉说着岁月的故事。古老的建筑，彰显着自然淳朴的生活和文艺气息，芳香四溢的花花草草，点缀了小镇的温馨浪漫，像是仕女"小立红桥柳半垂，越罗裙飐缕金衣"……

随心游走于窄窄长长的长廊，仿佛走在一幅水墨丹青的画卷里。远处，似谦卑于时空的虹上，便是建于清代道光庚子年间的磻溪桥。俯看流淌磻溪水，仰望透色蓝天。两百年的香樟树在道一场时空对话，细细听去，似乎还能听到朝霞中的鸡鸣、暮霭里的犬吠，还能看到乘着风翻飞的鸽子，绘成那桥边独有的一幅素描，挂在心屏上，此番相逢相合，无别恨，抒胸臆。转念，走上桥去，桥本身的诗情画意悄然消失，便感到它只是一座普通的桥，青石板，架于河面，解决了涉水的问题，畅通无阻而已。难道这便是相思相望不相亲，如若逢春，天又为谁春？

半日转瞬略过，隐约中，步入一个祠堂，坐南朝北，近了打量，是寿常公祠，宏伟壮丽，精雕细琢，雕刻栩栩如生，气凌彭泽之樽，光照临川之笔，其实与它之前的历史记忆一般磅礴，望象珠于日下，目夏阳于云间。祠堂，最早应该是用来祭祖的，是家族的中心，象征着祖先和家族心灵的长城，是子子孙孙永走不完的一条乡恋之路。于是，我便想这寿常公祠也定不例外，以血缘为基石，以亲情为纽带，穿越漫漫的时空隧道，保持着现代与历史的沟通，眼入心想却发现，它不仅是如此，而且更加厚重，曾作过小学，也曾数次险遭劫难，颇有一番"日落阵云低，横戈跃马今何时"的风骨。

脚步不敢停，怕是负了这时光。闯进眼帘深处的，是一座座黛瓦白墙的小楼，错落有致，若隐若现，光影斑驳，刻照在墙面、地面、树荫上，像是映射出白鹭翩翩一般。那满目的植被丰茂，树种各异，条条深绿的林带，各种花儿竞相开放，构成了诗情画意的象珠。每一处都宛如一幅风景画，每一角都令人沉醉，如若能把这景致做成一条玉带，定是不负美色、恰上心头。

这里真是我等闲人归隐休憩之宝地，会有"雨歇梧桐泪乍收"，会有"遣怀翻自忆从头"，会有"帘影碧桃人已去"，会有"屐痕苍藓径空留"，也一定会有"两眉何处月如钩"。自由恬淡的生活气息能使人身心放松，不想离去，我漫步在王世德故居、明清老宅、明代粮仓串成的历史痕迹上，如是在沿着一条木栈道，所有思绪如水波荡漾，清风送爽，柳树倒映水面上，仿佛都能看到有一只叫"历史"的鸭子在水里嬉戏……一片静怡安然，犹如时光在此停滞，犹如时光在此老去，也犹如时光从不疲倦，依旧喧嚣。

鸟儿的欢歌娓娓婉婉，顿挫抑扬，花香淡淡爽爽，沁满心房，偶有翩然恋花的蜜蜂蝴蝶，匆忙间，轻舞飞扬。我任长发散下，甘愿游走在时光的小确幸中，这样的心情下，走过了清渭老街，走过了安一公祠，走过了修缮的齐家堂，走过了徐氏宗祠，走过了叙彝堂，走过了古戏台……仿佛这里的每一朵花、每一棵树、每一汪水都讲述一个美丽动人的故事。乘凉的人安详地闲坐在古朴的长亭下，感受时光悠悠树影斑驳……无论站在远远的地方望去，或者近距离欣赏，都能从不同的角度看到象珠不同的风韵。我在这与世无争的小镇，也像忘记了俗世的烦恼，过起了世外桃源般的生活。人生何如不相识，我如载酒须尽醉，醒后醉来都会不复思天涯。

不觉间，已近了傍晚，走在晚霞的余晖里。街边鳞次栉比的店铺，堆积着几多历史厚重不舍的前缘，孕育着几多时事变迁落寞繁华，承载着千年不变的诗书传家和婚丧嫁娶之礼数，像是有什么流淌着，随时光的风将它冲刷着……跟随着流年把这万丈红尘风干成了童话，像是与前人的对视朦胧，我在历史这端，你在历史那端，君老江南我燕北，暗忆欢期真似梦，梦也须留。

这次的行迹，与其说是采风，不如说是寻心。象珠之行让我多了许多坚定，哪怕西风多少恨，也绝吹不散眉弯。正是这般的改变，仿佛走了这一遭，心中那一池青翠荷叶重重叠叠，心中那一池碧水波光潋滟，心中那一池荷花清清淡淡，可是又像是伴柔风细雨而舞，不舍离去、不愿离去、不想离去，就任凭这"采"来的风，吹转着流年；就任凭这"采"来的雨，湿润着心海，只用这深情掬一汪象珠的水，去怀一抹缠缠绵绵。

象珠——宛象青珠，我愿拈香一瓣，忆往事、记前生、不负尘缘……

卤煮火烧

　　行走在北京的胡同里，很难听到老北京的叫卖声，但那京韵京腔的调调儿好像早已刻在中国人的骨子里。极具"老北京"味道的浮雕、胡同、故事墙等沁润着每个人的内心，跟着老北京人串胡同的快乐莫过于寻找一道风味美食——卤煮火烧。

一

　　在中国，大江南北的饮食文化各有不同，但各地好像都对"下水"有着独到的见解。比如，广东顺德人深夜总会选择一碗"生滚猪杂粥"；宁夏人的食谱里"羊杂"绝对是拿得出手的美食；在川菜馆子里，他们将各种动物的内脏串成了串，在沸油里来回滚动。

　　作为中国的古都，北京的魅力源于它深厚的文化底蕴，也源于那些令人垂涎三尺的特色美食。在众多京味美食中，"卤煮火烧"绝对算得上一个特别的存在。

卤煮火烧没有大饭店的煎炒烹炸，没有小作坊的重油重调料，仅仅凭借着一锅深藏不露的卤汁，就将猪大肠、猪肺、卤豆腐、火烧等食材煮得香气四溢、软烂入味，站在巷子口，特有的味道吸引着四面八方的食客。

作为南方人，吃卤煮火烧既是一种向往，也是一种挑战。

寻访北京，要在胡同里找最地道的卤煮火烧，听老北京人给你讲上一段卤煮的前世今生，拿文化当"下酒菜"，才能吃出卤煮火烧的一点韵味来。

相传乾隆皇帝69岁那年去南方微服私访，曾下榻在工部尚书陈元龙的安澜园。用餐时，乾隆爷对一道菜赞不绝口，便问此菜的名字，陈元龙回答道："此乃府上厨师张东官自制的一道菜，名为'苏造汤'。"从此，这道菜便广为流传。

传入民间后，由于用五花肉煮制的"苏造肉"价格昂贵，所以人们就用猪头肉和猪下水进行代替，并加入用面粉烙成的火烧同煮，久而久之，便成就了这传世美味——卤煮火烧。

苏造肥鲜饱老馋，

火烧汤渍肉来嵌。

纵然饕餮人称腻，

一脔膏油已满衫。

这是《燕都小食品杂咏》中一首赞颂"苏造肉"的诗词。

文有出处，食有记载，烹饪手法在历史过往中不断革新，但不变的是，当年乾隆皇帝的一句赞赏和如今老百姓排队的期望如出一辙。

这是卤煮火烧的魅力，也是爱上卤煮火烧的开始。

二

北京南横东街是爱吃卤煮人必达之地。无论冬夏，推开店门，热闹非凡的场景，就像沸腾的卤汁。

卤煮火烧很低调，青花瓷的蓝边大碗，深褐色的浓郁卤汁，透着老北京的地道风味。但要想在北京开起一家经久不衰的卤煮火烧店，没点历史传承是站不住脚的。别看门脸大小，只要是客人捧场，必是几代人的传承。

从看客到食客，身为南方人的我，要经过漫长的心路历程。

煮卤煮的大锅始终沸腾，我踮着脚往锅里望，还没等看个明白，老师傅就自信满满地告诉我："这里边有猪肠、肺头、火烧、豆腐等，还有自家秘制的调料和十几种中药。"说着话，老师傅捞起一个用纱布包着的调料包，一脸的神秘，好似这就是让小店经久不衰、食客盈门的奥秘。

卖卤煮的老师傅，两鬓已染了霜色，但面容依旧红润。店小二吆喝着出餐，老师傅用手将肥肠、火烧等食材从锅中捞起，直接在案板上手起刀落，几秒钟的时间，所有食材都被切得大小均匀，这时再加上一勺油亮的卤汤，一把碧绿的香菜，就齐活了。

我很好奇，徒手从沸腾的锅里捞热食材，难道不烫吗？

俗话说，外行看热闹，内行看门道。有着十几年经营经验的老师傅，手指早已烫出了厚厚的皮，一锅食材，不分先后顺序不断填充，但老师傅的指尖只要一触碰到食材，就能轻松判断出它们的软硬度，是否恰到火候。

三

老北京卤煮火烧，讲究透而不黏，肉烂而不糟。

一碗地道的卤煮火烧，码放也很有讲究。火烧横竖各两道，每块都基本均匀，"井"字形，整齐地码放在碗底儿；三角豆腐、大块肺片摆放在中间，主角肥肠切成寸段儿安置在碗尖处，老师傅的汤头猛然浇上去，一碗地道的卤煮火烧就可以端在食客的面前了。

我迫不及待地吃了第一口火烧，这感觉绝对和很多人的不一样。

入口的一瞬间，"火烧"不再是一种疑惑。这种由面制成的饼，很瓷实也很筋道，饼的切口处，面与面黏合得很紧，但汤汁还是通过它们的毛孔渗透其中，既没有被汤汁泡得没了筋骨，又带着汤汁的味道，一口咬上去，面香搭配着食材的香，让人不禁下一筷子直奔肥肠而去。

肥肠，只有爱与不爱两种。

大肠的香是卤煮的精华，一口下去没有任何怪异的味道，大肠皮内裹着的肥油给食客带来大大的满足感，从咀嚼到吞咽，留在唇齿间的都是美好；小肠则不同，它与大肠相比，口感更脆，更有弹性，吃上一口还想马上再吃第二口、第三口。

嚼着带劲儿的火烧，吃着肥而不腻的肥肠，我的筷子又冲向了肺子。

肺子于我并不陌生，辣炒的、干煸的都爱。或许正因为喜欢肺子的空气感，便喜欢它任意形式的变换。

卤煮里的肺子将肺子的功效发挥到了极致，每一个缝隙间都充满了汤汁，掩盖了肺子本身的血腥味道，留下的是纯正的鲜香。

就这样，就着老北京人的调侃和外地人的闲聊，我把一碗卤煮火烧吃得一干二净，这也是我人生第一次品尝本能畏惧又实则欢喜的食材。

爱上北京，从卤煮火烧开始。

南方的人北方情

没想到，今年的冬天竟与北京结缘，多次往返，却也生了许多"北方情"。

南方长大的孩子，说到北方的冬天就会想到寒冷，长城外的北国给人的印象总是一望无际的茫茫沙漠和广袤草原。天蓝地阔，北国的冬总是让人闻而生畏，但走近了，却发现这冰霜之下竟然也有温馨的一面。

随着天气渐渐变冷，大地的新装由灰绿换成了银褐色，来自西伯利亚的寒流如久别的老友肆虐地亲吻着这片大地，留下了凄凉悲壮的场景。收拾行囊要去北京培训前，我将衣柜里最厚的衣服拿出来。记得多年前也是冬天前往北京，恰逢冰雪，一下飞机，一口冷风呛得我喘不过气，也许是心生畏惧，也许是真的很冷，从骨子透出的瑟瑟发抖让我不停地跺脚、搓手，潜意识里调动出身体里所有的能量，自己给自己取暖。

繁华的夜灯不失大城市的风范，车辆川流不息，让一个陌生人不觉陌生。这就是北京的魅力，无论走到哪个角落，只要身处北京，就不会感觉孤单，因为孤独的人太多太多。

宾馆内的设施很全，暖气也够好，在南方待得久了，潮湿阴冷的印记早已深入骨髓，能在北方的冬天享受暖气的烘烤竟然感觉是一种消遣，甚至可以说享受。就好像日本的温泉，那是花钱才能得到的满足感。就是这样。

灯光一点点地昏暗，我饶有兴致地移步窗前，窗帘之外是霓虹闪烁、寒气升腾的场景。多少次，我想：如果生活在小城市，安逸而平和地过完一生好不好？就好像没有四季的日子，永远重复着一天又一天。

但那么多车、那么多人，乘着夜色去哪里呢？

北京的冬天这么冷，不是为了梦想、为了拼搏、为了责任，谁愿意在这寒冬跑到街上刷存在感呢？

没错，人间有四季，人生有冷暖，享受阳光雨露就要承受冰天雪地。

走过了，适应了，战胜了，也就不觉痛苦了。

一夜睡得安稳，清晨醒来，惊喜地发现茶桌上的仙人指居然开花了。小小的，红红的，眼前瞬间一片明艳，莫名涌起一阵感动，在这个寒冷的冬日，活色生香，温暖了时光。

冬日里的一抹暖阳，生活中的一丝希望。这一株开在心灵深处的鲜花，芬芳了心灵，温暖了岁月，让这个偶然寒冷的冬季变得不再那么凛冽，而多了几分温柔和可爱。清清岁月中，悠然绽放一抹芬芳，随缘而起，不喜不悲，在饱满的生命过程中，留下一抹淡淡的剪影，渲染成生命中的光影轻浅。

然而北国的冬在寒冷之下也有绚丽。再出门，阳光虽短暂，但却也感觉温暖。这时的天比其他季节都蓝，在干冷的空气中观赏着这一片温润的蓝，清新养眼，不忍移目。于是，轻踏着步伐，一个人走在去培训班的路上，脚步轻快，身心愉悦，竟很享受。

在北京，在冬季，在陌生人组成的环境中，我习惯性地封闭自己，谨小慎微地在自己的世界里游走着。

时间一分一秒地过去，挥手告别一个又一个季节，静静感恩生命中那些遇见，默默捡拾岁月中那些美好，一切不必刻意，一切不必苛责，缘起缘灭，顺其自然，这也许是致敬生活的最好方式。

冬天，好像不自然地放下很多情感，看透很多事情，很多思绪涌上心头，是因为冻结了思绪只能回味曾经吗？

我找不到答案。但为何一定要找到答案呢？

漫漫人生路上，几多彷徨，几多无奈，纷纷扰扰汇聚成一个个烦恼，不停敲击你的坚持、磨砺你的意志。然而无论季节如何更替，世事如何变迁，生命中的那些温暖、那些爱、那些阳光，始终氤氲在心间，支持我们走过生命中的坎坷和阴霾。

第二天，天降小雪。来北京，遇上雪，大家都说我好运气。望着窗外零星雪花飘落，才了然随性放纵的日子已然过去。想起培训时一位老师问过的：你是谁？从哪里来？到哪里去？来这里已有些日子，或许该好好思考这些问题了。

生而为人，我们都是宇宙中渺小的一粒种子，可被风沙掩盖，也可成长为参天大树。你经历的事、遇到的人都为你的人生留下不可磨灭的印记，改变着你的世界观，塑造着你的品格。一个阶段便是一种人生，不可忽略，也不能苟活，被逼无奈也好，心甘情愿也罢，最终要学会接受。

生命在前行中顿悟，岁月在积累中生香。老师最初的问题，随着时间的推移慢慢变得明朗。时光如流水，我的人生转眼间已过大半。在我的岁月中，不知不觉间已走过许多冬季，但从未如此感慨。蓦然回首，才惊觉时光清清浅浅，道路曲曲折折，心绪浮浮沉沉。

幸好，我与岁月的相约谁都不曾失约，突然想起电影《芳华》里的片段，感慨岁月是一抹芳华。我好像听到韩红献唱的《绒花》，手捧一杯热茶，怀念逝去的芳华岁月，忆过往，我的内心变得波澜不惊。或许，这就是岁月带给我的淡定与从容，且行且安然。

要离开北京了，宾馆内的花还开着，娇滴滴，不败。

北京的冬天，凛冽而寒冷，然而在这寒冷中，我们也能发现一片风景，为简单的生活增添许多色彩。

飞机腾空而起，我要回到温暖的南方了，那里是我的家；而北京，只是我记忆中的一站，这一站，有冷有暖，我看到了很多陌生人，也被很多陌生人看见。冬韵生香，暖了时光，眯起眼睛，放空自己，在冬日的暖阳中，听一段曲，品一杯茶，看一本书，观一株花，惬意享受时光，恣意挥洒青春。

眉山远黛

　　眉山，一个初听陌生之名，一个自成风骨之地。

　　清人张鹏翮撰三苏祠联曰："一门父子三词客，千古文章四大家。"

　　唐宋八大家，苏洵、苏轼、苏辙独占其三，走进三苏故里眉山，岂能不到三苏祠？

　　缓缓靠近苏门三父子世代居住的故居，明代洪武元年（1368年）改宅为祠。黛瓦红墙环抱占地面积56800平方米的庭院，低调朴拙的正门以现代手法散着悠悠古韵，令人忍不住寻着这韵味入门探寻，似有某个远古的声音在召唤，又似要赴一场千年之约，这里孕育了一个个怎样的灵魂？

　　我要找一个人，依着对他的了解，不可居无竹，我想我知道他在哪儿。

　　穿过正殿堂、启贤堂、木假山堂、济美堂，绕过亭木扶苏、曲径回廊、峻峭山石，掠过东侧生意葱茏的并蒂荷塘，向西走过廊桥横断的"百坡亭"，北向直奔披风亭畔，翠竹掩映处，是一个让人铭记了近千年的人——苏轼。千年前，他是否也如这雕像般乐观旷达、遥目远方、姿态洒然，盘陀坐于林隙间？他又想些什么呢？

从"自请出京"到"乌台诗案"，从"被贬黄州"到"筑建苏堤"，直至流放海南儋州，苏轼的官越做越小，可"人"却越做越大，在文学、水利、农耕、美食、教育、医学等方面的贡献不胜枚举。

跟随三苏祠金牌解说人，踏着古老的石板路，嗅两株千年古木清香，听着她动情讲述苏轼的故事，掷地有声地向游客道出"逆境中长成的伟大""人生的价值，在平凡的岗位上"的那一刻，闻者无不心神巨震。东坡带给眉山人的精神琼酿，融进血脉，融入人群，融进眉山的青山碧水。

东坡的初恋，是一个温婉知礼、聪慧沉静的女子，她就是王方之女王弗，玉殒十年后，依旧让苏轼泣出"十年生死两茫茫，不思量，自难忘"的千古绝句。爱情萌芽在第一代蜀王蚕丛的故里——青神，即如今的眉山市青神县。慈姥山，又称"中岩寺"，其中"唤鱼池"一名，便出自二人之手，是他们不谋而合、韵成双璧的见证。

青神吸引我的，并非爱情，而是青竹，大胆猜测，莫非东坡爱竹，源自青神？

岷江自北向南如一柄利剑将青神一分为二：东部背倚龙泉山脉，峰岭延绵，奇珍葳蕤；西部仰靠白马台地，冥壑清风，峻壁回流。东西二山若两道天然屏障，护佑着思蒙河的冲积扇平坝，极富创造力的自然，孕育了极富创造力的群体。古蜀国"后户"坐落于此，相传蚕丛"青衣而教民农桑，民皆神之"。蚕丛是华夏养殖家蚕的第一人。西魏废帝做了件甚是不错的事，他为崇祀先贤，于553年建政"青神"，于是青神就诞生在这平坝之上。

也许是蜀王蚕丛的遗风影响深远，赋予眉山青神人以无尽的创造与想象，也许青竹笔直柔韧却蕴含蓬勃生命力的个性，唤起青神人血脉中的共鸣，青神还有个响亮的名号——"中国竹编艺术之乡"。在全国成百上千的植竹地区，青神以睥睨全国的竹编技艺，无声却倔强地闯入一代又一代人的生活与精神世界。苏轼被青竹闯入的岂止"宁可食无肉，不可居无竹"的生活，还有如青竹一般，既拥有笔直向上的倔强，又拥有泽被山林的旺盛生命力，更重要的是生前润泽四方，死后依旧奉献着自己。

谈起生死，不觉沉重，却无法逃脱。凡有牵绊，哪个不希望在这红尘里多留些岁月。看到眉山有个彭山县，不觉想起传说中活了八百多岁的彭祖，相传商贤大夫彭祖便生于此。彭山古称武阳，年岁不小，建制于秦，却依旧群峦险峻，翠意盎然。彭山人如这青峦耸翠的彭山一般，千百年来养生有术，百岁老人的比例是全国水平的17倍以上。

彭山之名源自世界"长寿文化"与"茶叶文化"的发源地

之一——彭祖山。相对这个略显年迈的名字，它曾有个飘逸俏丽的称呼——"仙女山"，极端对比，彭祖葬于此山。

彭祖遗泽，彭山素以"忠孝之乡""长寿之邦"著称。说起"忠孝"，学生时代让我倒背如流，每每朗读都要泪目的两个作品：忠，诸葛亮的《出师表》；孝，李密的《陈情表》。卧龙先生贵为蜀汉丞相，鞠躬尽瘁，死而后已，令人动容。李密，正是眉山彭山人，为感念祖母抚养之恩，甘愿放弃大好前程，试问当今又有几人？莫说祖母，便是亲生父母，为工作几年未归的又岂是少数？

眉山不一样，彭山不一样。它以祥和的姿态沁着几世同堂的暖意，并非某种妥协于生死的平淡黯然，也非淡出红尘的生死超脱，而是一种酿于生命、窖于底蕴的向死而生。在相同的旅程中，如何倔强顽强而又精彩地走下去。

眉山还有太多故事说不尽，形同飞凤的凤凰山、别有天地的三峰山、山势盘陀的连鳌山、三苏赏月的望月坡、东坡读书的东坡山，以及内藏八景的蟆颐山、为亡妻手植万株松柏的短松冈……

眉山的山水，孕育了"八百进士"，孕育了名人墨客，孕育了忠臣孝子，更孕育出那个惊才绝艳的苏轼，还有而今在汶川地震后，在尸骨与废墟上重建家园、昂扬前行的川蜀人民。千百年来，他们历经风雨，来到眉山，我方真正明白，什么叫向死而生。

眉山令人痴迷的地方就在这里，它藏着一个又一个伟大的灵魂，历千年风雨，化作山川雾霭、青石碑帖、竿竿翠竹，洒然旷达，化作言语生活、文字歌谣、寸寸流光，自成风骨。这些灵魂滋养着眉山人文，滋养着中国文化，也滋养着人类价值文明。

　　眉山，这里的青山碧水、园林古刹，还有那一个个向死而生的灵魂，历经千年风雨，不过等着一个你。

沙河遐思

枯树抽芽的季节，沙河飘动着泥土的气息。

沙河是童年的念想了。倚靠着眉黛般的远山，镶嵌着杨树的倩影，村前的那条沙河，款款地向东流去，在微风中低吟浅唱……沙河水真实而深沉，小时候祖父讲过它的故事，大概那时只懂得戏水，沙河的故事待到离开那儿多年我才有了再次的了解。祖父总说：沙河是村子的门面，有水流的地方才有活路。

沙河的叫法，是祖先延续下来的。沙河里自然有沙，可沙并不算多，它还有石。沙河底铺着的一层小石子，光滑、洁净、透明，在阳光的照射下闪闪发光，颇似南京的雨花石呢！

沙河上架着一座古桥。多年以前，桥是简单的竹子扎起来的，也因少有人走，村民们都过眼凑合，难得修筑。桥的通向，一面是老村庄，一面是村里人的命根子——大山和土地。竹子桥在沙河上，只够一来一去两个人会合。如若一头有个老叟挑着担子，另一头的路人就要候着会儿了。生产力不高的情况下，竹子桥还可以勉强支撑。出产一多，村民们收获的作物没法走向集市，竹子桥的重建就被提上议程了。

20世纪60年代，沙河的母山上大石头很多，乡亲们想着法子就地取材，用上宽厚结实的石头，造出了一座拱形石头桥。这座石头桥，古色古香，既是实用的通道，又充满了神秘色彩。传说选择石材的时候，把玩石头的老汉到山岩里深入考察。要找一块大点的石头容易，佢想找又大又结实又有姿色的石头就要费些神气了。

三分功夫七分天造，还真就寻到这么一块底石。它的样子就像浮于水面的莲花，而造桥需要的，是下端托起莲花的底座。这个工程，实施起来难度可不小啊！自然留存的莲花石，本就散发着仙气，护住都来不及，怎好打断了它？于是，大家都来想办法，可一想便知，这是天公造的美物，靠人力来摆弄，就不合自然情趣了。

恰逢梅雨季节，莲花石经过一阵大雨冲刷，素净了许多。驻足观察的人们，发觉出了些灵异。一则莲花石下有"叮叮咚咚"的声音，传说是仙子奏乐的回音；二则右边石头现出雅莲色气，粉白相间，煞是惹人怜爱，更令人欣喜的是，这块粉白石两边都开了口子，长度也有三四米。这回，村里人一起小心翼翼地把它取了出来，作为石桥的"主宰"，刚好解了造桥的为难。就这样，才有了沙河的这一锦绣之笔。

一

石头桥落成后，沙河的风情也浓了，因为石头桥承载了人们太多美好的愿望。也许，有佛的庙宇会被遗忘，但禅意常在，只要还有自然，还有人。石头桥上的热闹，要从每年春夏之交开始。春天本是播种的季节，也是沙河风景最曼妙的时候。

早春过后，石头桥上来往的人多了，桥上的石头就越走越光。有穿背心短裤、手摇蒲扇的清闲老人，有身着T恤衫、迷你裙的时髦青年，当然，更多的是穿了衬衫、长裤的乡人。这些人或静静地倚着栏杆想自己的心事，或慢条斯理地踱着方步消遣。虽然也有些人在议论着什么，但都是压低了声音，轻轻的，绵绵的。桥上尽管是偌大一群人，倒也清静得很。

村里有个姨娘，外号叫丑姑。她长着黑黑的脸，尖尖的下巴，厚厚的嘴唇向上翘着，鼻子扁扁的，眼睛小小的，又黑又瘦。其实她也有个好听的名字叫秀秀，从小被娃子叫惯了，后来村里人就都叫她丑姑了。丑姑对谁都很亲热，尽管会有人嘲笑她丑。和我要好的，是丑姑的女儿梅子。都说梅子在长相上一点儿也不像她的母亲，梅子白白净净，水水灵灵的。

有一次，梅子偷偷塞给我两个藜蒿饼（藜蒿是河间洲上的一种水草，味道与香菜相似，将这种草与糯米用石磨磨碎，掺点水揉成团，做成的饼很好吃）。当时，这是最上等的美味佳肴。我们吃着饼，在沙河两岸快活了一个下午。晚上回到家，已是掌灯时分，没多久便听到梅子妈的骂声和梅子的哭声，直到半夜才止。第二天，梅子告诉我，那饼是她母亲为她父亲准备的，是她父亲外出做工时路上吃的干粮，梅子不知道，还拿了四个，她带着哭腔对我说这事时，那凄惨的模样至今我都没忘。

又一年，梅子十五岁，情窦初开，向往爱情，向往自由。每一个夕阳西下的傍晚，村里的有闲人都爱走段石头桥，驻足欣赏沙河的四面八方。也有爱恋中的年轻人，坐在桥边细语轻谈。就在石头桥上，梅子出乎意料地收到了人生的第一封情书。经过短暂的讶异，她便欣然接受了被丘比特之箭射中的幸福疼痛。于是，玩伴中少了她的身影，她对躲在草丛的蚂蚱和柳枝上的小甲虫也没了敌意。沙河的波光映衬了她阅写情书的痴迷，山色鸟语见证了她眷恋相思的目光。然而，纵然初恋如此美丽，同样逃脱不了凄凉夭折的结局。梅子的母亲丑姑，一直教导梅子用心读书，多学点知识，早日走出小村庄。丑姑先是发现了梅子的信，后来翻查到梅子的日记本。她找到梅子沟通确认了事实之后，十分反对梅子的恋爱，当即做出决定，要把家搬到距离沙河四十多公里的小城去。没过三天，梅子家便大门紧锁，空了。一两年过去了，丑姑的搬走只带来一个喜讯，那就是梅子如愿考上了古城的一所卫校，成了"脱了农皮"的人。丑姑到底还是"倔"赢了。

站在石头桥上可以看到近前的沙河水面，横七竖八地停泊了许多船。零星散布的机帆船高大得抢眼，毕竟少得可怜，多数是破旧的小帆船。这些帆船的顶棚一律是破破烂烂的，帆布上也满是斑驳的补块。船上没有灯，想是船户们赶早回去歇息了，也省了灯油钱。只是在其中的一条帆船上，孤寂地徘徊着一只狗，正百无聊赖地看着月光下自己的身影。

过了些时辰，就从西岸民房中传出流行歌曲的嘈杂和武打片的喧闹。夜已很深了，虽然有月光的朗照，远处民房也看不很真切，只能望见夜幕下一片模糊的剪影和几点闪烁的荧光。但从那模糊的剪影，便能看出那些民房都是上了年纪的旧屋。沿着堤岸，稀稀拉拉地长满了不知是草是树的黑乎乎一大堆，像是隐藏着无数的秘密……

二

如果沙河里的石头真的有灵性，应该记得我这故人吧！我常常想着。噢，不，也不尽然。因为连我自己都找不到当年戏过的石头，即使画好了标记，也会随水流失。

传说古时有位仙人见沙河的水清澈，可以洗濯而超凡脱俗，因而化成了一尾游鱼。慢慢地，一尾变成一群，都说那是仙人的子孙。清晨，沙河四周碧草茵茵，青藤翠蔓垂入水中，把河水染得如同一块翡翠。这是沙河流经的最深处，也是游鱼聚集的地方。游鱼既是天上落下来的，也难得见长大，都细细小小的，一眼就是一片。有时真忍不住羡慕它们，无忧无虑地在沙河里游着，不用想长大，不用想死亡。然而，生命却是轮回，不得不面对。

沿着整洁的石径，向沙河最深处的游鱼走去。农历二月，春寒料峭，依然挡不住万物的复苏和萌动。沙河里的水安安静静，水温尚凉，依然阻止不了鱼儿产籽和孕育。清晨起来，春风微冷，如镜的水面偶尔会被"啪"的一声打破沉寂。水面乍起涟漪，一圈一圈从中心向四周荡开。有经验的小孩就知道，鱼儿已经嗅到了春的气息，开始一蹦一跳地欢迎春天的归来。不几天，水里的鱼儿成群结队地欢呼着，此起彼伏地跳跃着。

伙伴们认定捉鱼的时机已经来到，一大早带上家里早已编织好的竹罩子，高高挽起裤腿，静静守候在沙河岸边，眼睛一眨不眨地盯着水中央。毫无防备的鱼儿，根本不知道危险就在眼前，依然不爽约，开始在水里不停地舞蹈。孩子们看准了，将竹罩子用力远远抛过去，把欢蹦的鱼儿牢牢罩入其中。罩子中的鱼儿依旧跳起，直到碰到那冷冰冰的障碍物才感觉到情形不妙，不再高兴，一下子老实了。捉鱼的孩子在冷冷的水里快速挪动双腿，迅速靠近竹罩子，先用力压一压罩子，确定罩子下方四周没有空隙，便放心伸出手，在罩住的水里一阵乱摸，惊慌失措的鱼儿滑溜溜地躲来躲去。等水被搅得浑浊不堪的时候，鱼儿再也受不住，逃跑的速度放缓再放缓，捉鱼的孩子一把抓去，一条小鱼已经结结实实地捉在了手中。

那时我还年幼，总是跟在捉鱼的队伍后边，不是罩子扔不准，就是触觉迟钝抓不住；不是心急没有罩牢，就是用力过猛将鱼儿按入了泥浆。总之，我的收获总是最少的。即使这样，每年春天鱼儿蹦籽的时候，我还是百折不挠，依然爱去罩鱼。前屋的黄豆是鱼儿的灾星，只要他扔出竹罩子，再机灵的鱼儿也在劫难逃。清晨至太阳高照期间，他总会背着沉甸甸的笆篓，一高一低挽着裤腿，一步一回头行走在田坎上，意犹未尽地看看渐渐归于平静的水面，恋恋不舍的脸上挂着胜利的微笑。准备耙田的大人笑眯眯地打量黄豆："黄豆，今早晨罩得安逸嘛，不要把鱼逮绝种了哟！"黄豆谦虚中满是得意："没逮好多，大概五六斤吧！要不是今早晨脚被蚌壳划了一个口，肯定把下沙河底的鱼公鱼婆、鱼子鱼孙都给弄光喽。"大人继续笑嘻嘻："你娃儿心太贼了，弄绝种了明年你还罩啥子！"黄豆不再言语，心满意足、晃晃悠悠地回家吃饭。那会儿，黄豆捉鱼儿是捉到不少，可带回家的只有小半斤。只有我们这些跟班的才知道，黄豆捉鱼从来都是捉着好玩。到手的鱼儿，他总要放回去，不是怕明年再捉不到，而是不想让鱼儿的玩伴变少。

晚春不知不觉走来，山上、田野，油菜、水稻等庄稼在一场一场春雨的滋润下，摇曳着绿油油的叶，无忧无虑地成长。天气逐渐热起来，细蒙蒙、羞答答的春雨逐渐变大，由少年到青年，变得越来越粗犷。几场大雨哗啦啦，畅快淋漓，田里、溪里、河里的水不断涨高。当浅浅的水田再也无法容纳这些雨水的时候，农人便打开田坎缺口，让水自由自在通过层层水田，流进小沟，而后小溪，而后沙河，而后长江。

三

　　春天逃过竹罩子的鱼，已经完成了养儿育女的使命，开始顺着流水，游过水田，游进江河，当然前提是它们必须躲过田坎缺口上布下的竹号。竹号是一种类似西洋号角的捕鱼工具，前面一个大大的喇叭口，后面是椭圆形的容器，里面布满了倒须，鱼一旦进入里面，便不可能再游出来逃掉。只要雨季来临，大家就扛着竹号，选择一个自认为鱼多的缺口安下，用水草或泥巴将号口四周的缝儿严严实实地堵住，经过这里的鱼别无选择，只能通过号口游进那个有进无出的容器。我家有两只竹号，每当夜雨涨满田间，我便将两只竹号分别安置到家附近的沱田缺口，水夹杂着水草哗哗奔腾而来，眼前仿佛看见一条条欢跃跳动的鱼儿正往竹号涌来。

　　我在水田边静静等着，时间缓缓流淌，着急的我不停地捞起竹号尾巴看，发现有几条小鱼便迫不及待地解开号尾的绳索，轻轻将鱼取出，放入盛有少量水的木桶里，无聊地看鱼在水桶里懒散地游来游去，偶尔用小木棍捅几下鱼，打发着悠闲的时光。如果连看好几次，竹号尾巴里都没鱼，便晃荡着水桶回家。吃罢午饭，偶然想起竹号，又提着桶飞快跑向缺口，每当这个时候，收获总会很大，竹号尾巴里挤满了大大小小的鱼。傍晚时分，家家户户冒起炊烟，于是从缺口处收起竹号，满怀喜悦，扛着竹号归家。这样的日子一般持续两三天，等田里的水排泄得差不多了，缺口便被大人们关闭，只好耐心等待下次大雨的来临。

炎热的仲夏总是在人毫无戒备的情况下来临，田里一片片沉甸甸的稻谷，低着金黄色的头一动不动，一阵风袭来，稻谷便很不情愿地摇几下头。清晨村民们披星戴月，白天顶着烈日，愉快地收割稻子。没多久，风卷残云般，金黄色的田野只剩下矮矮的稻桩。天气越来越炎热，烈日炙烤大地，司雨的龙王也畏惧毒日，不知躲到什么地方乘凉去了，天上一滴雨都没有。田里的水不断蒸发，水中央渐渐露出了零星的泥滩，泥滩越来越多，可怜的鱼躲到仅剩的几片水垛里，焦躁不安地跳跃着，虽然可以逃避无情的烈日，却无法逃脱被捉的命运。孩子们用稀泥垒起一圈泥埂，用手往泥埂圈外捧水，水越来越少，鱼开始在浑浊的水里挣扎。孩子们欢天喜地，不费吹灰之力，捡着泥汤中的鱼，放入清水桶，鱼暂时轻松地在水桶中游弋，后来才知道这叫涸泽而渔。那些日子，孩子们就这样在沙河上一段一段地扫荡，恨不得把河里的鱼捉完。然而，自然的力量是神秘而伟大的，新的鱼总是没完没了地生长，来年依然鱼满河、虾满塘。

秋雨绵绵，天地朦胧一色，就像是永远睡不醒，迷迷糊糊的。好不容易挨过这段灰蒙蒙的日子，太阳开始懒洋洋、偷偷摸摸探出头来，天地间依然空蒙一片，阴沉沉的。一些闲来无事的大人，纷纷拿起竹竿到溪里、河里垂钓。将喷香的油酥饼掰碎撒进水里，无忧无虑的鱼儿蜂拥而至，玩游戏般抢食。此时用不着心急，因为油酥的量远远不能满足鱼儿的胃口，它们必须等待再次争抢食物。将蚯蚓熟练地挂上鱼钩，优美地抛出鱼线，线凫漂在水面上，不一会儿，许是鱼一口咬住了蚯蚓，鱼线沉沉往水里一坠。鱼上钩了，迅遽提起鱼竿，一条鲜活的鱼在鱼钩上拼命地挣扎。钓鱼需要耐心，孩子们往往不适合做这项运动。于是，看别人钓鱼反倒成了乐趣。有几年，我总是紧张地看着来做客的胡子伯伯钓鱼，只要鱼线一动，我就大声喊：钓到了，扯鱼竿呀！胡子伯伯经验十足，只见他不慌不忙，继续等待，看着鱼线在水里扯来扯去，他才冷不丁地扯起鱼竿，鱼便稳稳当当地挂在了钩上。

记忆中，胡子伯伯也是个真性情的人。他下巴上总蓄着一圈又黑又粗的硬胡子，乱糟糟的。我总觉得这样的胡子是野蛮的、粗俗的人的标志。那时，每当家里揭不开锅或者在社员会中被"割资本主义尾巴"回来，他就在老婆和五个孩子的哭叫声中，把值钱的和不值钱的大小什物，一股脑儿拖到废品收购站，换得几角钱，买来几两酒狠灌一阵，然后踉踉跄跄，又打又闹。有时他还扯开嗓门唱上一段采茶戏，唱着唱着，泪水就滚了下来，那胡子被泪水润湿，根根耸起，简直与我看到的《十五贯》戏中的屠夫一模一样。

后来，胡子伯伯竟然刮掉了胡子，一下子像年轻了十多岁。但只要稍一留心，在他那喜气洋洋的脸盘上，并不难看到那一圈整整齐齐的青色胡茬。不同的是，在我心目中，那胡子不再是野蛮的象征，而是勤劳与朴实的标志。胡子伯伯只要一摸胡子，哪块地该种些什么，什么时候撒什么肥，各种办法就会像炒爆豆似的从嘴里爆出来。小时候，我爬到他家枣树上偷过枣吃，胡子伯伯瞪着血红大眼把我教训了一顿。后来我才知道，他不是埋怨我偷吃了他家枣树上的枣子，而是担心我们这屁大点儿的孩子从枣树上摔下来。他还特意请客，与我谈笑打趣。我刚到他家门前，胡子伯伯就乐呵呵地迎出来，连胡子都在笑。请坐，拿糖，倒茶，一系列动作后，胡子伯伯习惯地摸了一下胡子，风趣地说："我这胡子好看吗？"不知不觉中，胡子伯伯的胡子又长了。那时，我还暗自担心胡子伯伯扮演"屠夫"一定会失败。正像乌云遮不住太阳一样，再怎么粉饰都掩不住他满面的红光。可没想到，就这么一位真性情的伯伯，生命早早便走到了尽头。一次半夜，他突发心梗，抢救的路上就走了。那一阵的酸楚，竟使我痛哭过好几日。

生活仍然是那样进行，从容不迫。沙河的上空，又一次吹过初夏时节微温的风，一些凉凉的调子和着渐行渐远的脚步再次响起。

四

　　沙河水绕过九曲十八弯，闪着碧莹莹、蓝幽幽的光波，由西边淙淙跳跃而来，在石头桥下抖了抖身子，便又汩汩撒欢朝南奔去。沙河边的女人们似乎与这沙河极有缘分。清晨，雾还没散尽，河边石级上便成了女人国，跪着的、蹲着的、坐着活动小凳的，叽叽呱呱，嘻嘻哈哈，响成一片，搅作一团。

　　河岸上，远处的雾里，一串清脆的声音从河底蹿出来。这是沙河村女人中的大能人三婶，虽说已经五十好几了，却还有一副好看的脸庞。可惜右耳前两处乌豆大的疤痕，有点损相。那是她做童养媳时，第一次下沙河，衣服没洗干净，被婆婆用发簪扎的。她身板硬朗，抬脚走路咚咚响，说话敞亮，干活麻利，年轻姑娘莲妹子有时也甘拜下风。她没进过"夫子门"，但量个尺，称个秤，蘸着口水数票子，就是沙河镇上那些绷着脸站柜台的婆娘们都得让着点儿。好在她的"小九九"虽然吊在胸前打，但是决不在村里敲。左邻右舍有什么三灾六患，经她一摆弄，有的就省得花钱耗粮；谁家与谁家拌嘴开仗，她三婶来个"穿梭外交"，往往化干戈为玉帛。因此，沙河的女人们简直把她当作"佘太君"了。

　　捶衣声此起彼伏，穿过淡淡的水雾，撞到对面的山崖，发出略带荒落的回音，钻入沙河水中。此刻，三婶右手挎着篮子，左手拖着一个瘦小的女孩，快步流星地从浓雾中走到溪边。"哎哟，乖乖，三花你也下溪了？"莲妹子惊讶地两只眼瞪成了大问号。"三花今年八岁了吧，早该下溪了！"一个麻发女人截住莲妹子的话。她是五婶，最看不起洗衣不像她那样揉、搓、捶、拧的女人，从内心拥护三婶让三花下溪的决定。"这么大的女孩子，还能跟菩萨一样供着？早点儿学会洗洗浆浆是正经！"莲妹子知道，五婶又要摆她"六岁下溪，七岁下田"那套谱本，不由得咬了咬牙，操起棒槌，狠狠地捶打堆在洗衣石上的被单。接着，她提起被头，双手用力一抖，撒渔网似的，被单甩到水里，溅起了一些水花。

莲妹子不搭麻发五婶的腔，秀眼瞟着三花，试探着说："三婶，该让三花妹妹读书，她聪明呢。"麻发五婶本身还想说女孩读书是造孽，她们喝了墨水，攀了高枝，就由不得娘爷了。可这时三婶插了话，五婶就是呱呱鸟，也得停停嘴。三婶一边教三花给衣服抹肥皂，一边挡住五婶的话说："做个女人，命苦，认得几个字，眼睛光些，少吃点亏。"莲妹子轻快地摆动水里的被单，五婶眨眨眼，举手搔了搔头上的麻发。

翠凤是三婶的儿媳妇，在沙河村也算一位识文断字的角儿。一个下午，她戗伤了脚，血淋淋的。三婶立刻命令找香灰来敷。翠凤说怕受感染，还是快去医院为好，因此挨了三婶的骂、丈夫的打。三花相信、尊重翠凤嫂，可是，妈妈的香灰一到，爸爸脚上的血就止住了。这究竟是怎么回事呢？她不明白。三花乖乖地跪在稻草蒲团上，对着河水，吃力、笨拙地搓洗着手中的衣物。雾散了，朝霞越过山头，把点点碎金洒到沙河里。女人们大多起身回家，去做饭，奶孩，喂鸡，扫地。只有两个人还在河边絮絮叨叨。一个是三婶"佘太君"，一个是麻发五婶。三花将棒槌伸进水里，有趣地搅动着两个老女人落在水里的碎影。

五

阴雨的时候，沙河岸边的老屋，显得有些凝重，明丽着的，是沙河上的古桥。它屹立在沙河之上，坚定地不挪动一步。

老屋，确实要服老了。木质的天花板，泥砖的地面，一到雨季，地上难得见干。时代的脚步跨过了它，它已经走过了属于它的时代。然而，老屋有其独特的魅力，使人无法抗拒。它的内空高大，它的祥和宁静，都带给我平实坚定的感觉。靠在它的怀里，可以什么都是，也可以什么都不是，安全。那种安全的气氛如同定格的历史画面，在脑海里挥之不去，最终成了心头一抹无法认清也不愿认清的陈迹。

也许是早年承担了繁重艰苦的农活，大半辈子都在辛勤操劳中度过的缘故，我的祖母矮小而瘦弱。几十个春秋的风风雨雨，在她的额上犁下一道深深的沟纹。她总是穿着农村中最古朴的衣服，冬是一件黑夹棉袄，夏是一件蓝土布衣，纽扣都钉在右襟边，是布的。每次我从外面玩耍回来，总看见祖母坐在天井边的矮檐下，椅子边放着一个大箩盒，里面是一束束麻线。她右手握着长麻线的线头，左手勾起一根短麻线，对好位置然后放在手心里麻利地搓几下，两股麻线不知怎的便牢牢合在一起，不管我怎么用力也扯不开。"你表哥过一两年就要结婚了，我搓这些线，好给他织一顶蚊帐。"祖母一边说，一边搓，一会儿也不肯停歇，华发飘拂的头微俯着，仿佛这样坐着已有几个世纪。

山里人常年与刀斧打交道，难免有些磕磕碰碰的。祖母有一个祖传的治疗刀口的药方。记得儿时贪玩，我被刀狠啃了一口，深见白骨。祖母见状，急入室内取出一个小瓶，从中倒出一些黑色粉状药物，一边小心地替我敷在伤口上，一边安慰流泪的母亲说："敷上这药，不出十天半月便会好的，没什么要紧。"这种黑色的粉状药物便是刀口药，是祖母一代人在劳动实践中就地取材制成的既经济又灵验的好药。由"四季青""杞树花""镰刀草"三种药配制而成，因对治疗刀伤有奇效，故此得名。

我的祖母不识字，却详细解释过刀口药有奇效的缘由。四季青是一种灌木，生长在江边、湖畔等一些湿润环境中，无花无果，枝节甚多，叶形如椭圆，首尾稍尖，长约两寸，宽约寸许，一年四季色泽青绿、鲜润。采此叶洗净后放至烈日下暴晒数日，然后搓成粉末，功效在于止血。杞树是亚热带丘陵地带一种落叶灌木，表皮粗糙，枝节错杂，叶圆而小，长在枝上如满树墨绿的铜钱。其枝条柔韧，人们常用来捆扎杂物。春季来临，繁花满枝，密集如云，花朵如黄豆大小，呈米黄色，香淡而味甘。将此花采集晒干，搓成粉末，功效在于止疼。镰刀草是一种草本植物，常生长在田间，其高不过两尺，凤尾形淡绿色叶面微微上卷，浅槽状，长寸许。夏季趁其繁茂，采叶洗净晒干，搓成粉末，功效在于收口。三药皆备，按照一定比例搅拌均匀，再次搓碾，越细越好。至此，刀口药配制成功。为取用方便，须用玻璃瓶装好，放到阴凉干燥的地方保藏。后来才知，祖母是害怕这难得的好药方失传了，才要我们都记着。刀口药取三药精华，酿成一家之奇效。可惜，祖母的这个方子，只祖母在的时候，我们才享到这个妙处。

祖母特别喜欢吃自己放在小火笼上烤熟的红薯，特别喜欢喝自己生火煮熟了的稀粥。可事实上，祖母的喜好是出于克俭。沙河的一位堂伯说："如果不吃饭不会饿死的话，你祖母连饭都会省下来的。"祖母的克俭使我们深感不安。直到有一次，我和哥哥回老家，发现祖母的身体大不如前。当时她已不能走路，只能撑着椅子或由人搀扶着挪步；耳朵也有些背了；几乎完全丧失了自理能力，但仍然要自己煮饭烧菜吃。临走的时候，我们握住她瘦骨嶙峋的手，犹如触摸到古树的皮肤，又好像握着她的铮铮风骨，什么话都说不出来。或许也无须说了，因为太多的深情是无法表达的。

六

祖母守着那处沙河的老屋过了她的一辈子，吃的苦多，享的福少。每当回首望着渐渐远去的沙河老屋，一股股的情流就荡漾心间，那般醇厚，那般醉人。

和20世纪六七十年代的老屋一样老了的，还有一条小巷。这是沙河村里一条普通的小巷，弯弯曲曲，东为头，西作尾，七八百米长短。巷两旁隔十几步便有一棵大树，树干老高。树后两排密匝匝的小屋，歪歪斜斜的木板壁，一幢挨着一幢，互相支撑。

别的小巷少栽树，而这条小巷的树却长得格外茂盛。春天，几场春雨催出树上嫩绿的芽；远望去，整条小巷像笼着一层绿雾。过路人走入小巷，偶尔抬眼望见这绿雾，才记起春天来了，心中不觉泛起一股融融的春意。春天雨多，待逢着一个好日头，家家户户都忙着洗衣晒被。花花绿绿的衣服晾起来，风一吹，飘飘扬扬，整个小巷好似奏起一首欢快的乐曲。夏日里，树上挂满了密密的叶，蝉鸣声声，巷子里的男孩都赤着上身，挥舞着手里捕蝉的竹竿、纱袋，相互唤着捕蝉去。到了晚饭时候，小巷的人都出来了。有的把饭桌搬了出来，一家人围桌而坐；有的老人独自一人，搬把竹椅，一个小方凳，凳上放一小瓶酒，一碟花生，一碟猪蹄，一个人坐在竹椅上摇摇蒲扇，听听收音机，喝几口酒，再看看过往行人，悠闲自得，其乐无穷。

和古桥一样，小巷也是夕阳落幕时的归所。夜里有月时，小巷白花花一片；无月，烟火点点。在三伏天的夜空下，间或传出声声动听的催眠曲或小孩的嬉闹声，慢慢话声小了，鼾声大了，此起彼伏，加入夜的和平交响。大人小孩都进入沉沉梦乡。小巷里住的人多，但大家都知道"远亲不如近邻"，因而互相照应，相处和睦。有的家里，夫妻俩工作忙，早晨顾不上买菜，只要和邻居家的老人说一声，邻人自会给捎上菜，并拣好洗净。中午大人不回家，正为小孩吃饭发愁，邻人自会上门来叫小孩去吃饭，孩子在邻居家和在自己家一样。谁家做了好吃的，会给邻居盛一碗尝尝鲜；谁家办喜事，大家都会去凑凑热闹，说几句吉利话，吃一颗喜糖。若有客人问路，拐哪个弯，进哪个门，保管告诉得你清清楚楚。在这里，没谁说不出别家大人的小名、谁家小孩的脾性。日复一日，年复一年，小巷照样是普普通通，小巷里的人照样是这样的纯朴，虽然身居低檐矮屋之下，却活得有滋有味。

时光渐老，小巷的树已长成参天大树，墙壁和地面也生了青苔，下雨天不小心就会打滑。巷子里住的人越来越少，往昔的热闹也只成为往昔了。

七

其实，古巷还在那儿，是幽深、宁静的一条古巷，方向和位置都没变。可站在巷口的时候，我竟是会那样迷惑与惘然。我几乎不忍心敲破小巷的宁静，轻轻地，悄悄地，带着那种久别归来，不可言语的异样心情一步步走近。

凭着模糊的记忆，庭院中间那两棵高大的桂花树，以及两旁的栀子树、柑橘树依然在目。树下，一位拿着针线的老妇，惊异的眼神，跟我的目光相碰时，我本能地认出了。啊！我忙走过去叫了声"阿婆"。老人颤颤巍巍地站起来，从头到脚把我打量了好一会儿。我情不自禁地紧紧握住阿婆那双青筋暴露，虽是粗糙却很温暖的手。阿婆抚着我的肩，摸着我的脸，又弄弄我的头发，像是对我，又像是在自言自语。熟悉的乡音，亲昵的称呼，重温的爱抚，霎时一股火热涌上心头。

歌德曾说："如果死亡是注定了的，与其哭着走过去，不如笑着走过去。"又是晴朗的晚上，夜幕悄悄撩开，月儿把银辉洒向大地，玉洁冰清。我躬下身，拾起一片枯叶。似乎时光很漫长，长到总让人想起曾经。沙河里的曾经虽然没有夏花的绚烂，却过得欢欣。或许时光又很无奈，旧时相识也见面不语，她夺走了很多，亦在不断失去。在梦里，沙河的夜晚，经常会浮现在脑海里，丝丝清风轻抚沙河的双臂，缕缕阳光亲吻沙河的脸庞。沙河啊，天真地嬉笑着，尽情享受人们的疼爱。

终于，沙河也躺在了风的怀抱里，随它任意漂流。沙河的水也许还清冽着吧，曾经的炽热，曾经的天真，曾经的快乐……曾经的一切都印在脑海中。我知道，沙河水也会思索，在心头有过痛彻心扉的呻吟，有过撕心裂肺的呼唤。但它们都遥远了，远了。然后只剩下那座古桥、远山、一溪河水、一眸星光，如同欢聚，又如同孤身一人。

　　世纪更迭，沙河水还在静静地流淌着。我不止一次地思念沙河，思念那水，思念那桥，思念老屋，思念小巷，思念在沙河度过的每一个夜晚。

厦门夏雨夜

独行厦门，偶遇厦门夏雨夜，这一夜，我是幸运的。

这天的厦门，白天还日光耀耀，进了夜，小雨竟悄悄来了，敲着窗棂，像跟我有个约似的不拘束。你知道，不是所有充满想象的念想都能被视线触碰，如今夜这般醉人的雨，淋在这海水味道轻轻飘扬的城市，仅仅想着，都让人的心跟着静了，也净了。环海路旁客栈的床终究是有些潮湿，那因被子未晾晒而颓进去的一片褶皱，像极了这窗外天空洼进去的一块深色。我定睛望去，那是乌云，却似隔着一层薄纱，星星在那后面若隐若现。我猜念着，这雨就是这般淅沥下去，倒也不会再大了吧。

索性拿起客栈门厅斜立的一把伞，走出四方空间，独自从客栈的院子里踱步出去，不为了什么，就是单单要看雨，颇有闲庭漫步的意境。忽然想起上午路过的临海的环海路，在这满雨游润的抚摸下，总该另有一番样子吧？想到这里，手里的伞也像要带我到那里去似的，不由得加快了脚步，都忽略了脚下溅起的水花可能会湿了裤脚。天上那片星星前面的云似又薄了一些，也像那雨水渐渐地、慢慢地倒拉而升高了一节节似的，白天时客栈庭院秋千边孩子们的欢笑，此时已经听不见了，前厅一群年轻人围桌而坐，院内雨棚下一对老夫妇坐在竹椅上，一只老猫趴在门边躲着雨。我不禁紧了紧衣襟，扶了扶披在肩上的外套，带上客栈的大门出去。

　　沿着环海路走，这是一条盘旋绕转的水泥马路，白天这里有很多骑行的情侣，这会儿在雨中倒像是一条幽僻的路了，唯有我与之相伴，尽管如此，我和它却并不觉得寂寞，可能是因为那雨水淅淅沥沥的声响吧，似鸣奏一曲《浣溪沙》，虽未如烟如柳，却别有一番风情。路两旁，长着许多凤凰木，荟荟郁郁的，间或插着的路灯透出昏黄灯光。树下也未空白，鲜艳的是些三角梅，和一些不知道名字的花草。记得白天阳光照耀下，清风吹掠过，这路两边是姹紫嫣红，树梢上能隐隐约约看到是一带高楼。树缝里那暖暖的、若隐若现的光亮，是太阳撒娇抛来的一个个绣球，这时候最热闹的，要数那些半空中飞舞的蝴蝶，在阳光中亲吻着花香。而雨夜的这里，像被淡淡的雨水清洗过，虽然不如白天的热闹和激情，却愈发清丽，花草和那些凤凰木像跟这雨水连成了五颜六色的线，又甘愿被这湿润晕染着，滩涂成了色彩斑斓的画。

　　此时，只我一个人，撑伞踱着，仿佛这雨、这海、这路、这花、这草都是我的一样。我爱踱步走，尤其在雨中，或与三五好友，或是干脆独行，要么都市里，要么田园间，有时哪怕就是书斋的楼下，都有着不同滋味。像今晚，我一个人在这观海听涛的雨水中，什么都可以想，什么都可以不想。思维可以是一本厚厚的书，也可以是一张白纸，平时因为种种掣肘要说的话，这时候都可不理，忘了世界，忘了是非，把心放在这个没有人可以找到的地方。这是雨夜的妙，尤其是这厦门的夏夜雨，是寂静的，仿佛在雨声中能听到蛙鸣、水流、鸟语，仿佛在雨中能闻到花香、海香、棕榈香。罢了，罢了，姑且什么都不听，什么也不闻，就单单让眼睛受用这环海路上的雨色也是极好的。

又向前走了一会，雨像怕了我的喜爱似的，渐渐小了起来，地面上的水花不再四溅，只是能泛起一层层的小水泡，又顺着路的坡度一缕缕溜走了。延伸向前的环海路左侧，弥望过去是层次交错的不知名绿植，那些叶子蹿出，超过底下花草很高，像亭亭的舞女的裙摆，轻曳翩翩，这会儿被雨花敲打着，星星点点溅起水粒，像是零星点缀了些白花，也像项链散开，跌落了一粒粒的明珠，更像碧天里那被谁随便撒了一把的星星，看着美妙极了。我不禁停了下来，许是雨水被叶子滤了一下吧，那水流顺着叶子垂滑下来，不再急迫，像是稳了心似的，静静地泻在这一片三角梅、鸡蛋花、杜鹃花和紫薇花上，荡漾起薄薄的青色水雾浮在半空中。忽有微风过处，送来缕缕若隐若现的香，仿佛是远处天上流淌下来的诗歌似的。这时候，薄雾水汽被推开了，这些花草也有一丝的颤动，像有一只手在拨着空气中那不可见的琴弦一般，霎时传过一波波音浪，那些花草本是被雨水洗着、肩并肩挨着摇摆，忽地一下换了方向就扭捏着腰，齐刷刷地荡起一波涟漪。那花草底下，是深色的泥土和脉脉的流水，被她们遮住了却未全遮住，若隐若现，倒显得这些花草更见羞涩，如海边的少女双手笼起轻纱的梦，虽怀想着远方，却欲言又止、低眉顺眼。可能这厦门的夏夜雨本就是这样含蓄，总想着在天地间拂上一层淡淡的云，不必明晰，只愿朦胧相待，却无奈是这春心泛秋、意上心头，洗尽铅华也无悔空染懵懂，这特别风致倒是也更加引我心醉了。

穿过绿化带，到近海的一侧眺望。远远近近，是海水，密密实实的颜色，铺张在眼前，一直到天边。白天的这里，海蓝得像一匹宽阔无边的蓝缎子，一直铺到天边。在娇艳阳光的照耀下，片片珠光铺在水面，海面上偶尔一只只海鸥忽飞忽落，仿佛在这缎子上绣着相思情。现在，这海像是被雨雾给锁了心头，只在远处露着几处灯火，也许是渔火，也许是灯塔，也许它们只是故意为这厦门的夏夜雨留下的一团昏黄。望过去，虽不清晰，却仍能看到海水的波纹叠着波纹，浪花追着浪花，一会儿被前面的波浪卷入浪谷，一会儿被后面的波浪推上浪尖，你追我赶，熙熙攘攘，热闹得很。这热闹却是它们的，不是我的，尽管那海水低语声和雨的欢笑声融为一体，可我的脑中那样安静。静，是什么？就是心中的寂静，看茫茫海川，寄于世俗之外。此刻，那远处的海浪在呢喃吟哦着，也不知是对岸的，还是这岸的乡愁，我不禁又想起李煜的那句"问君能有几多愁，恰似一江春水向东流"，你骤一听，以为是一支轻轻叹哀怨、轻轻唱离愁的小夜曲，其实可能是一篇珠圆玉润的抒情散文，也或者恰似有故人远来、载着离愁别绪一般，正是一首由海鸥朗诵、雨水配乐的浪漫诗歌，带你看到雁儿在林梢，看到月稀掩朦胧，看到呢喃望星空，也看到婆娑湿衣袖。

鼻尖前，跳跃着的是海风的咸味吧？可能还有一丝鱼儿的腥，一簇一簇争相绽放、争相挥发着，一簇谢了，一簇又开了，好像我哪怕不小心落下一簇，哪怕就那样任由它漾开后，后面还有着永不尽的汹涌势头。忽然想起李商隐的那首《夜雨寄北》，当年，他也如我一般，孤身客居异乡，心中也是有着这般对故乡和亲人的思念怀想吧？虽然是美不胜收，却也叹出"君问归期未有期，巴山夜雨涨秋池"的诗句。不知过了多久，我的嗅觉才被这一簇簇的味道洗礼过，适应了，略微有些清明，开始往来时的方向踱回。雨已经渐渐停了，天空中也露出了眨着眼的星星，像是地上有哪道明亮的光洒向夜空，却被渐微的雨水打乱了光的舞步，交错着、折射着，然后，隐约着、朦胧着，映衬着那半透明的蓝色幕布，映衬着雨水洗刷过的无尽葱茏，似有雾气，却又好像触手可得，这感觉仿佛远处鼓浪屿上传来的《菲尔德夜曲》，也像《鼓浪屿之波》。总之，不管这感觉是什么旋律，哪怕并不均匀，却是这么柔和、温润，淘尽所有"心沙"，让彼岸的风声渐远，与我们那些逝去的流年一同流向远方。

此时的我，虽有在美妙雨夜"曾经沧海难为水"的失落感，却绝无"有恋惭沧海，无机奈白头"的挫败感，更没有如秋池雨漫、无可消磨宣泄的愁。因为我觉得那种情绪太平衍了，我更愿意相信人生的每一个偶遇都这样精彩，也更愿意相信每一个雨夜都这样难忘。人，终究不是清风明月，并不会独自忧伤、顾影自怜。选择眺望，此岸彼岸，哪怕"执手相看泪眼，竟无语凝噎"，哪怕"远看山有色，近听水无声"，也不要辜负眼前美色。今夜若也有作诗人，面对这疏影横斜在细雨，耳畔回荡着涛声，想必也是能剪下这一段时光，伴着夜雨一帘梦，枕着温柔入眠吧。

这样想着，猛一抬头，不觉已是到了客栈门前，轻轻地推门而入，前厅的一群年轻人还在围着圆桌闲聊，院内雨棚之下坐在竹椅子上的老夫妇依旧坐着喝茶，趴在门边躲雨的老猫仍然眯着眼睛。眼前一切与我出来的时候一模一样，我不觉庆幸，难得偷来浮生里厦门夏雨夜的这一时闲，心足矣！

我的"杭漂"生涯

回想起来"杭漂",当时该有怎样的勇气,而我又有着怎样的运气。

五年前来杭州,是参加一个杂志社的文稿评选。那个时候的我像是一个刚学会飞翔的雏鸟,跌跌撞撞地闯入了一个崭新世界。评选结束后,我决定留在杭州。

我和一个小姐妹合租了一个小居室,每天早上起来,就能看见阳光从地平线升起。地平线上的天空泛着鱼肚白,隐隐还夹杂着几丝橘红色的霞光,清润的空气沁着一丝凉意,一种安逸的感觉。袅袅婷婷的细雾从西湖湖面上绵绵浮起又渐渐消隐,坐在亭子里的我,恍然融入了如梦似幻的西湖。

简单的行李和几本书。独自一人颠沛流离,走走停停。后来有人问我为什么选择杭州,我回答:"在杭州,一个人看书、写字,永远不会觉得突兀。"

我在杭州的街角,写小情侣的吵吵闹闹,路灯下,他们推搡,指责。那时,杭州还没有现在这么干净,垃圾桶边放着装修剩下的木条，女子捡起木条扬手就打，打痛了又百般心疼。最后，路灯下，两个人的影子合成了一个人的。

我在杭州的图书馆，穿越在悠长又充满挑战的革新巨变中，那时候杭州图书馆的环境远没有现在这么贴心，渴了要走一段路去打水，累了是因为椅子太硬。即便这样，我已经感觉到幸福，因为是杭州。所以，低下头有老杭州人在讲述他们亲历的故事；抬起头，窗外新杭州人在演绎着不同的生活。

我去龙井、凤凰山爬山。茂密的林间，阳光从层层叠叠的树叶中挣脱出来，洒在地面上。在树枝间跳跃的不知名的鸟儿，清脆婉转地唱着歌儿。踏着整洁的青石板，穿过静谧的林子，视野陡然开阔。等到天黑，城市的灯成片成片地亮起，我会想，会不会有一盏灯，为我而亮。

我有时在想，究竟得到上天怎样的偏爱，才造就了这样一个钟灵毓秀的仙境。不，应该说杭州的人，是靠怎样的努力才在短短几十年间，将一座城市一步步建设成最宜居的城市之一。当一座城有了魅力，接踵而来的就是一个又一个惊喜。

我的"杭漂"之旅也是一样，我收到了越来越多的约稿单，他们都说我的故事真实，贴近杭州。其实我知道，并不是我推开了杭州的大门，而是杭州将我拥入怀中。我真是不由得感慨，杭州的眼界决定着我的未来。

2018年初，滨江建立了首家中国网络作家村，我在这座城有了自己的工作室，在白马湖畔遥念钱塘江对面的西湖。依靠着独特的山水，古时杭州城里的人创造出了钱塘繁华的荣耀，而今杭州又借改革开放的风潮，拥长江三角洲的地理，将最美的天堂这个称号坐实，将江南城市的柔和温婉和天人合一的磅礴大气完美融合。

我依旧在街头看人来人往，看杭州人脸上的喜悦，我分辨不出谁是外地人、谁是本地人。我依旧出入图书馆，阅读，写作。于是，我渐渐发现，杭州的变化非常具体，大到交通运输，小到物流的哥；大到创业梦想，小到筑梦扶持；大到承办一次国际会议，小到图书馆里人文的设计，这就是我眼中的杭州。

虽然我在这里有了自己的工作室也无法界定自己是否可称作杭州人，但网络作家村、杭州新联会接纳了我，杭州让我的执着付出无怨无悔。杭州不问"出身"，不管"来头"，只要是够格人才就敞开接纳的胸怀，吸引着一大批"杭漂"者。很难想象，如果不是杭州，像我这样所谓的自由撰稿人，怎么能够扬帆远"杭"？

杭州这座国际山水城市，如同一幅绝妙的画作，人来了，便成为画中的一丝墨色，人来人往，深深浅浅地勾勒，无论描绘出什么，都改变不了墨色本身的淡然，这就是属于杭州的颜色。

喜吉而"喝彩"

"何处心安，慢城常山"。在我看来，敢称自己为"慢城"的地方，一定有它特有的自信和优势，不然珍贵似金的时间，怎能舍得在这里慢慢消遣。

我随行来到常山，就像要揭开一个谜底般地去揭开这座城市的面纱。同行的都是作家，所以我们对窗外的世界更执迷，更希望通过体验激发灵感，每个人、每颗心都像掏空的玻璃杯，想要装得满满的，才肯归程。

一上午的游走，心里已有了分量。下午，我们要去西源村文化礼堂看一场非物质文化遗产——"常山喝彩"，一路上骄阳似火，没想到一入村口，天空便毫无征兆地下起了大暴雨，一瞬间，感叹这场及时雨让我们领略了常山的另一种烟雨意境。

文化礼堂中有一方天井，天井之上是长方形的天空，纯净、湛蓝。雨水打进礼堂，让即将要表演的戏班子更加兴奋。

俗话说，雨是吉祥的象征，"常山喝彩"是好的兆头，这双喜临门的好事，让我对表演多了几分期许。

这"常山喝彩"已有四百多年的历史，延续了民间结婚、新屋上梁时讨个好彩头的习俗，以图吉利。结婚、上梁的喝彩内容各不相同，各有特点，形成了具有地域特色的民间歌谣。

耳听着"常山喝彩"的历史，锣鼓点便开始了自己的节奏。这是我第一次观看"上梁喝彩"，几个当地的姑娘喜气地敲鼓，鼓点均匀有力，我们随着鼓点在心中打着节拍。

开场仪式后，一位一脸"佛像"的人，站在了礼堂中央，他面前是一根披红挂彩的"房梁"，他用传统的方式开始为这根房梁"剪彩"，方言一出，满口浓郁的地方特色。我们虽然听不太懂，但那种扑面而来的喜感是我们完全可以接受的。

我好像沉浸其中，穿越到"喝彩文化"的源头。

我仿佛看见一代代常山人在用辛勤的汗水换来一家的富足，盖房是一个家族的大事，上梁更是意义非凡。它象征着人们对美好生活的向往，对辛勤劳动的肯定，对子子孙孙的护佑。幻想间，那热热闹闹的景象，就真实地浮现在我眼前了。

时光白驹过隙，多少东西曾经被岁月抹平，沉淀下来的只有这常青常在的文化。

无论是上梁喝彩还是结婚生子的喝彩，常山都记录和传承了这份"喝彩"的意义。

就像眼前这位貌似"如来佛"的人，他便是"常山喝彩"的第六代传承人——曾令兵。

"常山喝彩"历经百年风霜，一脉相承，从未间断。曾先生告诉我们，他的先祖们就像这样一路吆喝着将这门文化艺术传承给一代又一代。

每一句唱词，每一处举动都是口口相传，没有严格的规定动作和操作流程，只要心中想着这份"喝彩"，口里传出的便一定是好的祝福。

"常山喝彩"延续至今，已经成为当地民众内心的一种烙印和荣耀。随着文化的发展，"常山喝彩"从民间仪式变成了一种成熟的表演模式，在国内外享有名望。

这些年触碰了解了很多不同的文化，我慢慢发现，一个地区文化的繁荣离不开守护者的悉心保护，这种保护是发自内心的真情守护，是不求名利、不掺私欲的一种奉献，更是身体力行的一种砥砺。

常山之美，美在山水间质朴的人性，美在大山深处尽情尽兴的释放，美在常山人视如珍宝般的爱惜。正是得益于天人合一的纯粹，才有了"慢城"的自信，也才有了"慢城"的充实。

我相信这个世界上没有完全黑暗的角落。即便偏远，但只要扎根深，也一定能开出绚丽的花。就像我初识的"常山喝彩"一样，它喜庆地呈现在我的面前，像是不曾被改变的音符，高低起伏、绵延流转、高亢有力，即便不懂来由，也懂了几分世间珍贵的好日子。

挥别常山时，我开始想念"常山喝彩"，也许这就是中国人血液中流淌着的文化血脉，它养育着炎黄子孙，也被炎黄子孙反哺着。

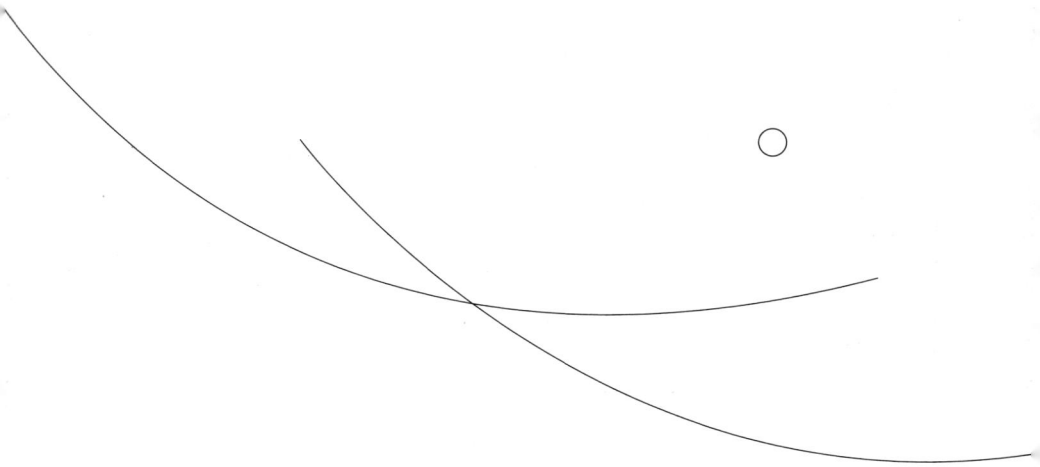

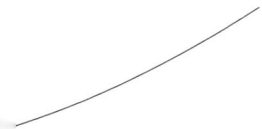

第二部分

诗词、故事

与文人

穿越半个世纪的乡愁

贺知章（约 659—约 744），字季真，晚年自号四明狂客、秘书外监，越州永兴（今浙江杭州萧山）人。唐代诗人、书法家。贺知章少时即以诗文知名，唐武后证圣元年（695年）中进士，是浙江历史上第一位有资料记载的状元，为当时蜚声长安的"吴中四士"之首。其诗文以绝句见长，写景、抒怀之作风格独特，清新潇洒。其中《咏柳》《回乡偶书》等脍炙人口，千古传诵。

状元及第

唐天宝三载（744年），越州永兴。

一位耄耋老人走下马车，站在史家桥村口，深情地注视着眼前这个村庄。夕阳的余晖斜斜地洒下，给这个村庄抹上了一层夕阳红，静谧而祥和。

这是他的故乡，阔别近五十年魂牵梦萦的老家！他感慨万千：湘湖还是那湘湖，波光潋滟，鹭鸟飞翔；文笔峰还是那文笔峰，树木葱茏，绿荫如盖。这一山一水，还是那么熟悉，还是他梦里的湘湖，梦里的文笔峰，梦里的史家桥，梦里的老家。只是，故乡的人已不再熟悉，擦肩而过的乡民，都把他当成了外乡人。

这时，一个小孩蹦蹦跳跳从他身旁经过。他用永兴方言与孩童搭讪，小孩歪着小脑袋，仔细地打量了他一番，然后问："爷爷，您从哪里来的呀？找谁家的人？"

孩童这不经意的一问，让他思绪万千、五味杂陈，他捋了捋花白的胡须，脱口而出：

少小离家老大回，乡音无改鬓毛衰。
儿童相见不相识，笑问客从何处来。

这就是著名的《回乡偶书》，这位耄耋老人就是贺知章。

"皇都得意归故里，奉旨还乡思家桥。"这是永兴一带流传的道士唱本，"思家桥"即今天的萧山区蜀山街道知章村，毗邻湘湖，风光旖旎、人杰地灵。

大约是唐显庆四年（659年），贺知章诞生在文笔峰下一户人家。他自幼聪明好学，博览群书，"少以文词知名"。永兴是一个鱼米之乡，盛产莲藕，每逢收获季节，乡野间荷叶田田，莲藕飘香。一日，贺知章的母亲到山里劳作，受山中邪气侵袭得了怪病，走不了路，干不了活，一家人的生活陷入困境。少年贺知章极为懂事、孝顺，为了生计，只好出去行乞，但他又放心不下母亲。于是，每天外出，他都要挑着一对箩筐，前担其母，后担经书。偶有闲暇，他便坐在村头巷尾的石墩上读书，直到母亲唤他回家才起身。后来，乡人戏称贺知章为"贺担僧"，称他的母亲为"箩婆"。虽有调侃之意，但并无恶意，反而饱含着乡民的深深敬意与赞誉。现在，当地有箩婆寺，有贺知章艺术馆，还修建了知章公园。

证圣元年（695年），贺知章意气风发，赴京赶考，一举高中状元，成为越州第一位状元郎，也是浙江历史上有文字记载的第一位状元。

吴中诗狂

状元及第，贺知章的文辞名扬京城。

贺知章与张若虚、包融、张旭都是江浙一带的人，因此当时四人被称为"吴中四士""吴中四友"或"吴中四杰"，驰名长安。

有了这名头，贺知章在朝中备受关注，皇上命他参与《唐六典》的起草工作，可当时的一位大臣看不惯他，说他撰写的部分与事实不符，处处与他作对。

贺知章心中郁闷，喊上了表兄弟一起去喝酒，喝着喝着便醉了。趁着一股子酒劲，两个人互相搀扶着跑到大臣家中，醉醺醺地踹他家的门，那大臣并不在家，可他的夫人吓得不轻，隔着门连连解释说他被皇上召去了宫中。

第二天醒了酒，贺知章后悔莫及，决定登门致歉。

可刚迈出家门，竟然看见了那位大臣的马车停在外面。

贺知章本以为他是来讨说法的，可没承想他一下马车竟深深鞠了一躬，随后向贺知章赔礼道歉。原来，皇上知晓他多次刁难贺知章后，将其召入宫中训斥，并责令他向贺知章赔礼道歉。

酗酒闹事，状元郎贺知章之狂，可见一斑。

贺知章人狂、诗狂，书法也狂。他擅草书，《述书赋》赞其"落笔精绝"，"与造化相争，非人工所到也"；温庭筠称"知章草书，笔力遒健，风尚高远"；在《送贺宾客归越》诗中，李白赞其"应写黄庭换白鹅"。

遗憾的是，贺知章存世书法作品只有两件：一件是草书《孝经》，17 世纪后半期流落日本，直到 2006 年 3 月才回到中国，在上海博物馆举办的"中日书家珍品展"上展出；另一件存世作品是楷书《龙瑞宫记》，已被完整地镂刻在会稽山东南宛委山景区的飞来石上，阴刻，笔力遒劲，风尚高远，后人难以望其项背。

嗜酒、好道、豪放、率真，是贺知章与李白、李适之、李琎、崔宗之、苏晋、张旭、焦遂等人的共性，杜甫称他们为

"饮中八仙"，还写了一首《饮中八仙歌》，把"八仙"描写得惟妙惟肖，其中贺知章的醉态更是被刻画得入木三分："知章骑马似乘船，眼花落井水底眠。"骑在马上摇头晃脑、醉眼昏花、前俯后仰，就像坐船一样在浪里颠簸，一不小心掉到枯井里，呼噜睡去……

贺知章称得上是头号"酒仙"了。

贺知章一辈子经历了五个皇帝。唐玄宗登基后，对他的才学人品极为看重，命他兼任太子李亨右庶子、侍读，作为太子的老师传道授业。

盛世唐朝，歌舞升平，文人墨客辈出。贺知章的好友张旭，酒后大醉时，竟以头发蘸墨而书，人称"张颠"。

这一日，贺知章喝得恍恍惚惚的，独自一人在长安长巷踱步，听到背后有人在大呼大叫。

贺知章回头望去，大声呼叫的正是张旭。

贺知章摇摇晃晃地走过去，只见张旭已喝得酩酊大醉，在一面墙上写了字迹潦草的诗句，一歪头看到了贺知章，刚想张嘴说话，却一头栽倒，倚着墙根睡着了。

贺知章花了点钱，请一旁的货郎将张旭抬到了自己家中，又命人悉心照顾。直到傍晚时分，张旭才迷迷糊糊地醒过来。

"仁兄为何事喝那么多？又在墙上写下那样的诗句？"

贺知章正坐在张旭旁边的椅子上温书，因第二日又到了给太子考书的日子。

"我还以为自己被官府抓走了呢。"张旭晃了晃脑袋，发现头还是有些晕，就向贺知章讨了碗茶喝。

"不管出于何种原因，你并非皇亲国戚，又怎能和当今宰相抗衡？"

贺知章一针见血。今日，张旭在长巷墙上写下的诗句，正是影射皇上轻信宰相李林甫的讥讽之词。

"季真兄，您是知道的，我一旦喝了酒就会奔走呼号，街坊四邻也都喊我张颠，一个疯疯癫癫的人，就算被抓住了又能怎样？连处理我的必要都没有。"

张旭的脾气，贺知章又怎会不知？都是和自己一样耿直的性子，与其说是豪爽耿直，倒不如说是莽莽撞撞。

"不过话说回来，季真兄怎会这么巧地路过长巷，难不成也是去喝酒的？"

张旭嗅到了屋里的酒味，不单单是自己喝的那种，还有另一种酒的气味。

"唉，我最近也很烦恼，太子那边的俸禄被一再降低，还好我身兼工部侍郎，要不然怕是连壶酒都买不起了。"

贺知章将书扣在桌子上，微微叹息。

"怎么？季真兄身为太子侍读，也会被克扣俸禄吗？"

贺知章没有回答，只是命下人准备饭菜，让张旭在家中用过晚饭之后再回去。

其实，贺知章苦恼的并不是他自己，而是同为太子侍读的好友薛令之。贺知章任太子侍读不久，而薛令之早就在太子身边教导了。

当朝宰相李林甫与太子素来不和，很多时候都会有意与太子一方过不去。而唐玄宗对这位宰相是万般信任，按朝中某些人士的说法，唐玄宗做任何决定之前都要征求李林甫的意见，有些甚至要得到李林甫首肯才会付诸实施。

李林甫暗中克扣太子近臣的俸禄，对于贺知章来说影响不大，一方面他身兼其他职务，另一方面他素不加入任何派系，况且他已六七十岁，李林甫虽将他列入太子一党，但对他也还算敬重。

前些时日，薛令之与贺知章一同喝酒，酒过三巡以后，薛令之说起自己的俸禄经常被克扣，加上因妻子生病花光了积蓄，儿子在地方当县令也只是勉强维持生计，一家人日子过得日渐拮据，说着说着竟然抽泣起来。

贺知章听闻，慷慨解囊，让薛令之回去好好医治妻子。此举虽解了薛令之的燃眉之急，但贺知章见当朝学士竟窘迫至此，也是唏嘘不已。

就在秋日的一天，贺知章收到消息，一同教导太子的薛令之竟告病东归了，说是因一首诗获罪。

贺知章无法相信一向沉稳的薛令之，竟会做出如此令人匪夷所思的事情。

原来，是薛令之在宫内的石壁上随手题了一首诗：

朝日上团团，照见先生盘。

盘中何所有？首蓿长阑干。

饭涩匙难绾，羹稀箸易宽。

只可谋朝夕，何由保岁寒。

万万没想到，这首诗被刚好经过的唐玄宗看到。薛令之这首诗虽然满是委屈，但是唐玄宗看到之后必然是会恼怒的，凭他对教育的重视程度，用当今"再穷不能穷教育，再苦不能苦孩子"来形容也一点不为过。当然，对于宰相李林甫曾经多次克扣俸禄一事，唐玄宗并不知情，所以在他看来，这首诗就是薛令之拿着高额俸禄却人心不足，还公然指责皇帝苛待于他。于是，唐玄宗便在其诗后提笔写了一首诗加以训斥，并差人去找薛令之品诗。薛令之自是满心委屈和愤怒，一边是快揭不开锅的自己，另一边是不分青红皂白指责自己的唐玄宗，无奈之下，他选择了离开。

薛令之辞去太子侍读的职位，同时也责令儿子一并辞官，两人就此离开了朝廷。

此事让贺知章对李林甫的所作所为越来越心存不满，也成为他在耄耋之年辞官归隐的重要原因之一。

重归故里

天宝三载（744年），年迈的贺知章因过度劳累大病了一场，以为要寿终正寝。相传，一天夜里，他梦见一位下凡仙女，仙女劝他辞官到深山修行，他不假思索便应允了。不几日，他的病居然痊愈了。于是，他准备向皇上递交辞呈，告老还乡，修道延年。

长安皇城，金銮殿上，李隆基正襟危坐在龙椅上。

"老臣叩见陛下。"贺知章郑重其事地跪在地上，行了叩拜礼。

"爱卿无须多礼，快快请起！"皇帝很是敬重贺知章。

"今日老臣前来辞官，这大礼还是要行的。只是不知道陛下可收到老臣昨日的奏章？微臣尚有两事恳请陛下恩准。"

李隆基先前已在贺知章的奏章中得知其意欲告老还乡，寻求道法，为大唐祈求国运。此番他前来觐见，去意更是坚决，故不再挽留，和颜道："爱卿但说无妨。"

"一是臣恳请陛下恩准，将老臣京城宅邸改建为道观，供信徒使用；第二件便是请陛下恩准，设周宫湖数顷为放生池。"

李隆基本以为贺知章会为自己和家人祈求恩赐，可万万没有想到，贺知章所求的唯有弘扬道法，实为大仁大义。

"准奏！朕会在爱卿离京后将贺宅改为西京道观，赐名'千秋观'；隔日在京城东门设立帐幕，召集百官为爱卿饯行。卿家可还有何心愿？"

"老臣斗胆，还有一事恳请陛下恩准。老臣告老致仕，家中尚有一犬子未名，请陛下赐名，也算是对老臣重归故里的无上恩赐了。"

李隆基思量许久，开口说道："信乃道之核心，孚者，信也。卿之子宜名为孚。"

贺知章忙三叩首谢过圣恩，正式辞官。

隔日，京城东门，当朝太子带着朝中文武百官为贺知章饯行。太子亲自宣读了唐玄宗写给贺知章的送行诗：

遗荣期入道，辞老竟抽簪。

岂不惜贤达，其如高尚心。

寰中得秘要，方外散幽襟。

独有青门饯，群英怅别深。

随后，太子也赋诗一首以赠。贺知章偕同亲眷，坐着马车，穿过帐幕看着昔日朝堂上一个个熟悉的身影，不禁泪下……

数月后，贺知章回到越州永兴。忆当年离家，风华正茂，叹今日返归，已是耄耋之年。他不禁感慨万千，提笔写下了那首脍炙人口、广为传诵的《回乡偶书》。

在老家，贺知章过着当年陶渊明"采菊东篱下，悠然见南山"的隐居生活。他游湖登山，喝点小酒，酒醉之后赋诗一首，然后一通狂草，闲云野鹤的日子过得十分滋润。

一日，贺知章又喝醉了。迷迷糊糊中，他仿佛看见一个少年挑着箩筐出去乞讨，前担其母，后担经书，行走在乡间小道上，坐在箩筐里的母亲脸上满是幸福的笑容。偶有闲暇，少年便坐在村头巷尾的石墩上读起书来，直到母亲唤他回家才起身……而现在，母亲不在了，青春少年也成了耄耋老人，已是风烛残年，只有门前的湖水，在春风的微拂下荡漾着涟漪。

望着湖边随风轻拂的垂柳，他不禁想起某年初春二月，他看见高高的柳树抽出细长的绿叶，轻垂而下的柳条，就像刚化好妆容的少女，袅袅娜娜迎面而来，他不禁吟道：

碧玉妆成一树高，万条垂下绿丝绦。

不知细叶谁裁出？二月春风似剪刀。

初读这首《咏柳》，它就像一首儿歌，明快清新，朗朗上口，充满童趣，仿佛一伸手就能感受到盎然的春意，就能体验到藏于记忆深处的童趣。

杭州人对柳树情有独钟。千年过去了，杭州西湖柳浪闻莺、苏堤春晓等景点依然柳树成荫，"二月春风"到来时，西湖及湘湖便会再现《咏柳》中的经典画面。

风范永续

天宝六载（747年），贺知章去世大概三年后，李白游贺知章故乡越州，忆及二人吃酒作诗、"解下金龟换美酒"等往事，作《对酒忆贺监》二首，以寄托对友人的深切怀念之情。

四明有狂客，风流贺季真。

长安一相见，呼我谪仙人。

昔好杯中物，翻为松下尘。

金龟换酒处，却忆泪沾巾。

李白与贺知章相差了四十岁左右，他们是怎样相遇、相知，进而惺惺相惜的呢？说起这事，还有一段诗坛佳话。

天宝元年（742年），李白来到京城长安，孤身一人住在小客店里。一天，李白游览著名的道观——紫极宫，偶遇贺知章。贺知章早就读过李白的诗，十分赞赏。此次邂逅，两人一见如故，一同去喝酒。席间，李白把刚写就的《蜀道难》给贺知章看，一见开篇"噫吁嚱，危乎高哉！蜀道之难，难于上青天"的句子，贺知章就激动不已。

酒酣之后，贺知章由衷赞叹李白为"谪仙人"，于是后人就称李白为"诗仙"了。

二人你来我往，饮下了最后一杯酒。

"小二，来啊，给我们再上酒。"

贺知章伸手招呼店小二，可是那店小二却是一脸为难，走过来喃喃道："客官，你们刚刚给的酒钱已经花尽了，您看这……"

李白看了看贺知章，伸手摸了摸钱袋子，只是那钱袋子已经空空如也了。"哎哟，今日匆忙，忘多带些钱了……"

贺知章摸了摸自己的钱袋子，也空了。

"要不，今日就饮到此？来日小弟再请季真兄豪饮可好？"李白面红耳赤地看着贺知章，轻声说道。

"哎哟，可是这酒刚刚喝到兴头上，怎么办呢？有了！这个你拿去，不用找给我，今日任由我们兄弟尽兴地喝！"

贺知章说着，一把解下自己腰间挂着的金龟。

"这可使不得，使不得啊！季真兄，不可！这可是您每日上朝必须佩戴的物件啊！"李白连忙上前阻止，同时寻思着用自己的佩剑做抵押。

"无妨无妨，只说是换酒了，再与皇帝要一个便是。今日难得遇见兄弟这般志同道合之人，当尽兴而归！"

李白实在是无力劝阻，只好跟小二说明日会有人来送钱，这金龟要原封不动地保存着。

那店小二要知道这位酒客的真实身份，哪怕搬空了酒坛子也不敢说酒钱不够之类的话，这会儿只是手心里小心翼翼地捧着金龟，连忙说定会收好。

李白一脸敬重地望着贺知章，眼前这位老者已是皇帝身边的红人了，相比起来，自己就没那么幸运了，虽已逾不惑之年，却还未实现入朝为官的心愿。

干完最后一杯酒，贺知章与李白摇摇晃晃地从酒肆离开。回到贺府，贺知章意犹未尽，让仆人准备了几碟小菜，又与李白推杯换盏喝上了。那一夜，李白就留宿在贺府。

隔日，天蒙蒙亮，贺知章已经穿上官服，整理好鬓发，在园中饮茶。李白很少早起，正打着哈欠迷迷糊糊地整理装束。

贺知章让下人备了马车，天还没大亮就进了宫，等到皇上宣召时，已是一个时辰之后了。这一天，他做了两件事，一是辞去官职，二是举荐忘年之交。

"朕很欣慰！爱卿在此时还能竭力举荐有才华之人为朝堂分忧。这个李白，朕也早有耳闻，只是不曾了解过。爱卿随奏章进献上来的诗词，朕都读了，李白确实颇有才华。只是在官职安排上，爱卿有何好建议？"

李隆基摸了摸龙椅上的金珠，虽说贺知章是自己倚重的大臣，但是朝廷用人之事也是万万不能大意的。

"老臣不敢替陛下做决定。"贺知章答道。

"爱卿不必紧张，如实说来便是。"

"若非要老臣说，老臣并不知道李白适合何官职。只是老臣注意到陛下身边缺少一位处理制诰、敕书等公文的能干之人。老臣辞官后实在放心不下，希望陛下可以保重龙体，寻找能用于侍奉的贤能之人。"

李隆基看了看贺知章，心想自己身边的确缺少一名贴心的侍奉之人，而且这样的官职无实权，随意给些名头便可；若是这个李白有真才实学，考量后再重用也无妨。

"爱卿体恤朕的身体，朕十分感动。那就宣李白觐见，若是可用，便封为翰林供奉。"

贺知章答道："臣年岁已高，实不堪再担当重任。如今陛下已觅得人品、学识兼优之人，臣心愿已了。"

李白终被召进宫中，任翰林供奉，从此声名鹊起。

在贺知章离京还乡的那一天，李白写了首《送贺宾客归越》诗以赠，最后站在送行队伍中，眼含泪水，望着贺知章远去的背影，弯腰深深鞠躬，作了个长长的揖……

贺知章去世后，李白曾来到越州，缅怀他的挚友贺知章。这段诗坛佳话，彰显了贺知章豪放、旷达、率真的个性，也彰显了他胸怀社稷、唯才是举、提携后辈的高风亮节。

参考文献

1.〔后晋〕皇甫氏：《原化记》，载《太平广记》，中华书局，1961 年。

2.〔后晋〕刘昫等：《旧唐书》，中华书局，1975 年。

3.〔宋〕欧阳修、宋祁等:《新唐书》,中华书局,1975 年。

4.〔清〕彭定求等:《全唐诗》,中华书局,1960 年。

5. 杜永毅:《唐代诗人贺知章故里考》,《图书馆研究与工作》2006 年第 1 期。

大唐最后的"绝唱"

罗隐（833—910），原名罗横，字昭谏，后改名隐，自号江东生，杭州新城（今杭州富阳区新登镇）人。唐代文学家、学者。罗隐曾应进士试，历七年不第。后断续参加科举，自称"十二三年就试期"，最终还是铩羽而归，史称"十上不第"。其诗名籍甚，今存诗歌约五百首，有诗集《甲乙集》传世。不少精警通俗的诗句流传至今，成为经典名言。他的讽刺散文成就突出，著有被元代诗论家方回称其"愤懑不平之言，不遇于当世而无所以泄其怒之所作"的讽刺散文集《谗书》。

传奇留千古

"今朝有酒今朝醉""家财不为子孙谋""任是无情亦动人""吴人何苦怨西施"……这些耳熟能详、脍炙人口的诗句，是中国古代诗坛的经典名句。这些诗句的作者，正是唐代文学家罗隐。

说起罗隐，他的一生可谓传奇。在富阳，关于罗隐的民间故事有一箩筐，这些故事有的风趣幽默，有的寓教于乐，有的富有哲理。其中有一则关于他小时候的故事，流传极广：相传罗隐的父亲是个农夫，在上山劳作时，与一个貌美如仙的老虎精相爱。农夫的哥哥发现这个秘密后，偷偷将老虎精的虎皮偷走，压在粪缸下。老虎精丢了虎皮，再也恢复不了原形，便与意中人结为夫妻，生下了一个男孩。后来，妯娌间发生了矛盾，嫂子一怒之下将虎皮挖了出来，扔在她面前。老虎精就地一滚，恢复了原形，露出了本性，将嫂嫂、哥哥、丈夫都咬死了。正要咬男孩时，孩子的奶奶急中生智，用一只箩筐罩住了孩子，并用拐杖敲打老虎精的头，怒骂道："畜生！连自己的亲骨肉也要咬吗？"老虎精瞬间泪奔，长啸一声，转身离开了罗家，返回山林。

　　唐代是中国古代诗歌的高峰期，初唐四杰、盛唐李杜、晚唐小李杜，还有白居易等，名家辈出，大腕儿如林。生活在这样的朝代，读书人或多或少会受到一些影响，这就是社会风气。少年罗隐就受到这种风气的熏陶，熟读文史，能诗善文，闻名乡里，为世人所推崇，与同族才子罗虬、罗邺合称为"三罗"。只是与前辈们比起来，他名气略小，属于典型的"诗红人不红"。但罗隐出生在晚唐，那是一个动荡的时代，诗歌正在走下坡路，而他却一枝独秀，甚至比肩前人。

　　"苦恨年年压金线，为他人作嫁衣裳。"这是秦韬玉的诗，风行一时。

"采得百花成蜜后,为谁辛苦为谁甜?"这是罗隐的诗,意境更胜一筹。

"抽刀断水水更流,举杯消愁愁更愁。"这是李白的千古名句。

"今朝有酒今朝醉,明日愁来明日愁。"这是罗隐的诗句,那股精气神与李白一脉相承。

"朱门酒肉臭,路有冻死骨。"这是杜甫的诗,写得入木三分。

"长安有贫者,为瑞不宜多。"这是罗隐的诗,他与杜甫一样,都在为黎民百姓的温饱疾呼。

"国计已推肝胆许,家财不为子孙谋。"千年之前,罗隐的诗就表现出了满满的正能量。那时,或许他的子孙并不理解他忧国忧民的家国情怀,家财不为子孙谋,那又为谁谋?但他的富阳老乡却以此为荣,以他为原型创作了不少民间故事,这些故事脍炙人口,代代相传,成了富阳的精神富矿。

千年之后,富阳为他立了像,又立了碑林。

1995年,富阳在新登镇贤明山北山腰兴建罗隐碑林。

碑林里面有两个露天院子,四周镌刻着当代著名书法家刘海粟等人题写的书法作品。走廊墙壁上的黑色大理石上刻满了罗隐的诗句。沿院子两边走廊往上走,便是罗隐纪念厅,内有高达两米多的罗隐雕像,旁边的黑色大理石碑上,镌刻着时任全国人大常委会副委员长蒋正华书写的罗隐诗句。

月是故乡明

学而优则仕。隋以后的绝大部分读书人都有这种想法，都想通过科举考试一展宏图，尤其对于贫寒子弟来说，这或许是他们改变命运的唯一出路。

罗隐也一样。

唐大中十三年（859年）底，富春江畔，落叶早已飘零，江水也瘦了一圈，渔夫都上岸了，只留下几只鸬鹚在江边守望，只要水里一有动静，它们便扑通扑通跳进冰冷的水里，折腾一番后，幸运的能抓上一条小鱼，但大多数都是无功而返。罗隐默默在江边看了一番鸬鹚捕鱼后，匆匆赴京赶路……

从富阳到长安，千里迢迢。罗隐来到京师后并没有好好温习功课，而是把偌大的长安城游了一遍。他对自己的科举之路信心满满，胸有成竹。可是，揭榜后，他竟榜上无名！第一次落榜不奇怪，可以解释为经验不足，临场发挥不好。可是第二年、第三年……连考七年，罗隐都榜上无名。后来，他又断断续续考了几年，还是没中。

最终，罗隐不得不向现实低头，还自嘲"十二三年就试期"，不禁令人叹息。

虽然考场失意，但罗隐的才华却是公认的，深受当朝宰相郑畋、李蔚等一拨达官贵人的赏识，成为他们的座上宾，经常出席豪门夜宴，吟诗作赋，笙歌为伴。

《旧五代史》记载，罗隐"貌古而陋"。何光远也在《鉴诫录》中讲了一个故事：当朝宰相郑畋非常赏识罗隐的才华，罗隐便投其所好，经常献诗给他。郑畋的女儿也特别喜欢罗隐的诗，是个铁杆"罗粉"，整天捧着罗隐的诗集，念着罗隐的诗句，对罗隐是芳心暗动。在这位千金小姐的心目中，罗隐是一位不可多得的大才子，更是为数不多心系百姓的贤能之人，样貌一定是风流倜傥、玉树临风，她特别希望能见上罗隐一面。机会说来就来，有一天罗隐拜访宰相府，千金小姐终于有机会一睹罗隐尊容了。她红着脸，隔着帘偷窥罗隐，不看不知道，一看吓一跳，这哪里是她的偶像？简直奇丑无比，惨不忍睹！千金小姐十分气恼，将罗隐的诗集全部焚毁，从此绝不读罗隐的诗。

　　其实，科举考试对考生的相貌也是有要求的，但凡相貌丑陋、身有残疾的都不能录取为官。这也许是罗隐不入考官法眼、屡试不中的缘由之一吧。

　　薛居正在《旧五代史》中除了说罗隐"貌古而陋"，还一针见血地说："（罗隐）诗名于天下，尤长于咏史，然多所讥讽，以故不中第。"

　　辛文房的《唐才子传》说："（罗隐）少英敏，善属文，诗笔尤俊拔，养浩然之气。……恃才忽睨，众颇憎忌。自以当得大用，而一第落落，传食诸侯，因人成事，深怨唐室。诗文多以讥刺为主，虽荒祠木偶，莫能免者。"

鲁迅在《小品文的危机》中说："唐末诗风衰落，而小品放了光辉。但罗隐的《谗书》，几乎全部是抗争和愤激之谈。"

在几位大师看来，罗隐屡试不中最重要的原因，是他的诗文"多讥讽""几乎全部是抗争和愤激之谈"，皇帝可不喜欢听这些，整天愤世嫉俗的，影响情绪。《谗书》是罗隐落第后写的一本书，其中一篇《题神羊图》最为著名，大概的意思是说，尧舜时代有神羊，碰到不正之人，便以角抵撞他，后人常常将羊的头角画得很怪异，以为这样才是神圣之物。尧舜的羊和现在的羊本来就是一样的，只不过那时候的羊淳朴，现在的羊变得贪狠。羊角还是那个羊角，只是本性变了，不能分辨是非曲直了。

此处不留人，自有留人处，罗隐决定离开京畿之地。

此时，正值军阀割据，天下大乱。太平盛世，一切都是按部就班，而乱世，或许藏着机遇，还能寻到另一条路。

罗隐虽放弃当前，但他并没有放弃未来，心中的那一团火还没有完全熄灭。他不甘心，他要寻找他的伯乐，寻找那一片属于他的天空。

咸通十一年（870年），罗隐进入湖南幕府，次年受任衡阳主簿，不久就告假离去，后游历大梁、淮、润等地，但不幸的是，他没有碰到伯乐。

失望之余，罗隐想到了他的家乡。

《唐才子传》中有一段故事，原文如下："隐初贫来赴举，过钟陵，见营妓云英有才思。后一纪，下第过之。英曰：'罗秀才尚未脱白。'隐赠诗云：'钟陵醉别十余春，重见云英掌上身。我未成名卿未嫁，可能俱是不如人。'"

十多年前，一个才高八斗，一个色艺俱佳，才子佳人，互诉倾慕。十多年后，再过钟陵，一个还是功名未就，一个已人老珠黄，一句"我未成名卿未嫁"，道尽"同是天涯沦落人"的无奈、哀伤与感叹。千年来，这首《嘲钟陵妓云英》，让多少同病相怜之人落泪！

都说"月是故乡明"，罗隐向着富春江的方向，一步一步走来。眼看故乡越来越近，但走到池州（今安徽池州），碰上了黄巢起义。在池州刺史窦澣的帮助下，罗隐避居九华山，寄身道学，直到 883 年，他才离开池州，留下一首《别池阳所居》：

黄尘初起此留连，火耨刀耕六七年。

雨夜老农伤水旱，雪晴渔父共舟船。

已悲世乱身须去，肯愧途危迹屡迁。

却是九华山有意，列行相送到江边。

枯木又逢春

"过丹阳，至钱唐。临浙江，水波恶……上会稽，祭大禹。"《史记》的这一段，详细记录了始皇出游江浙地区的情况。公元前 222 年，秦始皇嬴政设置钱唐县。

一千多年后，一位盐贩出身的杭州人开始治理《史记》中的"水波恶"，修建了钱塘江捍海塘。一日，当钱塘江潮水汹涌而来，他命令弓弩手张弓射潮，"嗖嗖嗖"一通狂射，潮神成了箭下鬼，恶潮从此消失。这就是"钱王射潮"的民间传说。

这位钱王，就是五代吴越国的创建者——钱镠。公元 907 年，吴越国建立，杭州第一次成为首都。两百多年后，北宋王朝都城汴京（今河南开封）被金兵攻克，赵构逃至杭州，杭州改名临安，成了南宋的都城。至此杭州第二次成为首都。

就在钱镠南征北战之时，罗隐不是在四处漂泊，就是在九华山研习道教，完成了一部道家著作——《两同书》，还写了一部杂史——《广陵妖乱志》（一说作者为郭廷诲）。在杂史中，罗隐把贪婪成性者、草菅人命者、以权谋私者、陷害忠良者等比作妖，他们虽有人形，也说人话，但早已走火入魔，比妖怪还妖怪。

钱镠"保境安民"的国策，使江浙一带在乱世中站稳脚跟，促进了发展，江浙经济逐渐繁荣。在罗隐的心目中，钱镠有大才，值得追随。他便匆匆离开九华山，回到杭州。

罗隐在京师混了多年，又在荆楚一带游历，还在九华山专修道家之法多年，这些经历让他对官场那一套已经了然于胸，但要向钱镠谋个一官半职，也不是那么容易，还得讲些策略。

他眉头一皱，计上心来，写了一首诗，然后想办法送到了钱镠的府邸。

"一个祢衡容不得，思量黄祖谩英雄。"在这首《句》诗里，罗隐把自己比作三国狂士祢衡，钱王你如果重用我，你就是宰相肚里能撑船的英雄，如果弃用我，你就是心胸狭窄的黄祖。

看到诗后，钱镠大笑，心想：天下还有这等奇人，居然把求职信写成了挑战书，罗隐啊罗隐，我钱镠征战南北、阅人无数，还真没有一个向我叫板的，好，我就喜欢你这副德行！于是，他挥笔写下"仲宣远托刘荆州，盖因乱世；夫子乐为鲁司寇，只为故乡"几句话。钱镠虽为一介武夫，却礼数周全，他把罗隐比作王粲、孔子这样的贤士，把自己比作刘表、鲁定公这样的平庸之主，为了求贤纳士，钱镠的姿态已经低到尘埃里去了。

罗隐看到这份回信后，感慨道："不能不去了！"

光启三年（887年），在外漂泊了二十多年，兜兜转转大半个中国的罗隐，终于在自己的老家吴越国安顿了下来。早已过了天命之年的他，幸运地成了钱镠的左膀右臂。

这个舞台来之不易，得好好珍惜。罗隐迫不及待想一展他的政治才能。《十国春秋》中说，罗隐是个文人，虽然"性不喜军旅"，但"料事多中"。钱镠把罗隐视为亲信，两人常常推心置腹地促膝长谈，就连军国大事钱镠都征询他的意见。

罗隐是一个耿直之人，有啥说啥。朱温篡唐后，罗隐向钱镠进谏："王，唐臣，义当称戈北向。纵无成功，犹可退保杭越，自为东帝。奈何交臂事贼，为终古羞乎？"

罗隐痛恨朱温篡唐，建议钱镠讨伐乱臣贼子朱温，成功更好，即使不成功，也可退守杭越，自己称帝。这建议听起来两全其美、万无一失，但钱镠最终没有采纳罗隐的策略。因为他有自己的盘算，他一直坚持"善事中国（指立于中原地区的朝廷）"的方针，这是一个明智之举。这样既保证了江浙一带不为战火所累，又可以借中原力量牵制与吴越国接壤的淮南政权，远交近攻，才是上上策。很显然，钱镠看得更远。

钱镠就是钱镠，绝对的一代枭雄。他没有责怪罗隐的"馊主意"，反而更加器重他，毕竟罗隐的动机是好的，比起那些奉承阿谀之辈，他更喜欢有事说事、有啥说啥的罗隐。朱温也是一代枭雄，他成为后梁皇帝后，不但没有降罪于罗隐，还以谏议大夫的官职征召罗隐入朝为官，辅助他成就宏图大业，不过，罗隐谢绝了。

罗隐的忠心，钱镠看在眼里。

对于人才，钱镠是不嫌多的。之前，罗隐曾奉钱镠之命，从瑞安出发，乘木船沿飞云江溯流而上，又步行到莒江溇头村（今属泰顺新浦），寻访隐居在这里的谏议大夫吴畦，劝他出山，辅助钱镠。

有一次，钱镠带着文武官员巡视新建成的杭州罗城。

钱镠感慨道:"百步一敌楼,足言金汤之固。"

"敌楼不若内向为佳。"罗隐缓缓说道。言外之意,城墙可以防御外敌的入侵,但统治者如果不执行善政,不处理好内部的关系,萧墙之祸才是最危险的敌人。

有人经常给自己敲敲警钟,提醒提醒,也是好事。

罗隐的忠心换来了钱镠的信任,多次获得提升,历任钱塘县令、司勋郎中、给事中等要职。人到暮年遇知音,这是人生的一件幸事。罗隐从心里感谢钱镠,是他给了自己机会,给了自己舞台,大恩大德无以为谢。

最是家国情

罗隐的青春年华都在路上,都在漂泊。"十上不第"的落魄,千金小姐的不屑,"云英未嫁"的感伤,九华山的孤寂……让他看尽世态炎凉,看破滚滚红尘,也深知民间疾苦,人生不易。

唐景福二年(893年),钱镠被授予镇海军节度使,驻杭州。按照惯例,节度使要向朝廷献上一份谢恩表。钱镠把这个任务交给了幕僚沈崧。谢恩表拟定后,钱镠让罗隐过目。罗隐看到谢恩表大赞浙西的繁荣与富强,把头摇得像拨浪鼓一样:"不妥不妥,浙西战事才息,百姓生活十分贫困,上呈这样的奏章,朝廷说不定会向浙西大肆索取财富。"

钱镠让罗隐改改。罗隐也不客气，把浙西描述成"天寒而麋鹿常游，日暮而牛羊不下"的萧条景象。皇帝接到谢恩表，一看，笑笑说，这一定是罗隐干的。

看来，皇帝对罗隐是知根知底的。

吴越国时期，江浙虽然稳定，经济发展也不错，但因"善事中国"花费不少，江浙税收繁重。钱镠还规定，在西湖打鱼者，每天必须上缴鱼数斤，作为额外税收，称"使宅鱼"。平时还好说，但一旦天寒地冻，鱼变少了，捕捞有困难，仍然要交"使宅鱼"，渔民人人苦不堪言。

这一切，罗隐看在眼里。

一日，钱镠正在品鉴《磻溪垂钓图》，图上画的是姜太公钓鱼。钱镠看着突然来了兴致，让罗隐为这幅画题诗。罗隐想了想，挥笔写下：

吕望当年展庙谟，直钩钓国更谁如？
若教生在西湖上，也是须供使宅鱼。

罗隐借古喻今，用姜子牙（吕望）当年在磻溪直钩钓鱼等候周文王的典故，巧妙地劝诫钱镠。钱镠明白了罗隐的良苦用心，随即下令取消"使宅鱼"。

官场的春风得意，让罗隐飘了起来，以为有钱镠罩着，天塌下来也不怕。他又开始用他擅长的"咏史诗"来针砭时弊了。先是写点小动物、花花草草之类的，试探一下朝堂内外的反应：

蜂

不论平地与山尖，无限风光尽被占。

采得百花成蜜后，为谁辛苦为谁甜？

牡丹花

似共东风别有因，绛罗高卷不胜春。

若教解语应倾国，任是无情亦动人。

芍药与君为近侍，芙蓉何处避芳尘。

可怜韩令功成后，辜负秾华过此身。

看大家没什么反应，罗隐越写越大胆，开始为古人翻案了。且看《西施》：

家国兴亡自有时，吴人何苦怨西施。

西施若解倾吴国，越国亡来又是谁？

在诗中，罗隐一针见血地指出，国家灭亡了，要多找自身原因，绝不能把锅甩到一个弱女子头上。千百年来，当时世人都视美人为红颜祸水，多怨美人误国，如果是西施毁了吴国，那么越国的灭亡，又是哪一个美人干的？

简直是灵魂的拷问！如果西施有灵，读了罗隐这首诗，她一定会感激涕零的。

罗隐少年离家出走，老大回乡做官，杭州一刻也没有嫌弃他、抛弃他，一直等候他回家的足音。每每想起家乡波澜壮阔的钱塘江潮，他便会热血沸腾，有《钱塘江潮》诗云：

怒声汹汹势悠悠，罗刹江边地欲浮。

漫道往来存大信，也知反覆向平流。

任抛巨浸疑无底，猛过西陵只有头。

至竟朝昏谁主掌，好骑颓鲤问阳侯。

后梁开平三年（909 年），罗隐染上重病，钱镠亲临看望慰问，并在壁上题句："黄河信有澄清日，后代应难继此才。"毫不吝啬地对罗隐加以褒奖。

这年（时已为 910 年）冬，罗隐去世，后葬于钱塘江畔，日夜聆听潮涨潮落……

参考文献

1.薛亚军：《江东才俊——罗隐传》，浙江人民出版社,2007 年。

2.〔元〕辛文房:《唐才子传》,文澜阁《四库全书》本。

3.〔清〕吴任臣:《十国春秋》,文澜阁《四库全书》本。

4.〔宋〕钱俨:《吴越备史》,文澜阁《四库全书》本。

5.〔宋〕计有功:《唐诗纪事》,文澜阁《四库全书》本。

6.〔清〕彭定求等:《全唐诗》,中华书局,1960 年。

李清照的"后半生"

李清照（1084—约 1155 ），号易安居士，齐州章丘（今山东济南市章丘区）人，寓居杭州约二十年。宋代女词人，婉约词派代表。李清照出身于书香门第，早年生活优裕。金兵入据中原后，流寓南方，境遇孤苦。前期作品多写自然风光和离别相思，后期作品多悲叹身世，情调感伤。著有《易安居士文集》《易安词》，已散佚。后人辑有《漱玉集》《漱玉词》。

初见临安

绍兴二年（1132年）三月，临安城春暖花开。西子湖畔，已完全褪去了冬日的萧瑟，换上了鲜艳的色彩，苏堤上的垂柳也抽出了嫩绿的新芽，街边的玉兰花正热烈绽放，散发出丝丝缕缕的馨香……

这天晌午，路上没有多少行人，一头老马喘着粗气，吃力地拉着马车向临安城走来，车厢里充斥着一股草料腐败的气味。李清照犯了春困，一只胳膊倚靠在半人高的书箱子上，整个身子伏在胳膊上打着盹，看起来憔悴消瘦。梦里，她似乎还吟诵着《渔家傲》：

天接云涛连晓雾，星河欲转千帆舞。

仿佛梦魂归帝所，闻天语，殷勤问我归何处。

我报路长嗟日暮，学诗谩有惊人句。

九万里风鹏正举。

风休住，蓬舟吹取三山去！

"娘子，前面就到临安城了，看您的这些古书金石装了一马车，也是来临安做生意的？"虽然是春天，但因长途跋涉，一路颠簸，车夫早已大汗淋漓，身上的衣物被汗水浸透，贴着胸膛黏腻腻的，可想着马车里还坐着一位女子，他只是把衣襟松了又松，终究没脱掉上衣。

李清照渐渐从酣睡中清醒，草料腐败的气味让她头昏不已，掀开帘子，看见已经到了临安城外。田野里，几个农夫正挥舞着竹枝，吆喝着耕牛在犁田，几只白色的鹭鸟在新翻的水田里，起起落落。马车又走了几十米，一条弯弯绕绕的河流呈现在眼前，两个穿着朴素的妇女在河边洗衣服，嘴里还哼着小调，一群白色的番鸭"嘎嘎"地叫着，列队从不远处游过……

"并非来做生意的。我原本与官人生活在北方，因为金人大举入侵，不得已南来。官人先我而行，不幸在途中病逝，只剩下我与原本载满十五车的金石收藏。这一路至东海，连舻渡淮再渡江，兜兜转转多日，直到今日只剩下这么多了。"

李清照将头伸向帘子外透气，这刺鼻的草料味一直烦扰着她。

"进了城就去清波门附近吧，那里离西子湖近些。"

看着窗外人来人往的百姓，李清照整理了一下自己的衣裳。饱经风霜的她早已疲惫不堪，心里想着，既然要留在这里，还是要选一处风光秀美的地方落脚。

"一瞧您就是会选地儿的主。"说罢，车夫长"吁"一声，加快了速度。

到了城门口，两名兵将大概盘了盘车上的物件，李清照也缓慢地走下了马车。一路上尽是颠簸，这时候双脚踩在地上，周围的空气也变得清新，隐隐约约还有些许花香。

"这是什么花？"李清照问车夫。

"这是号称'天下第一香'的玉兰花，临安城随处可见，但花期只有一个月左右，现在正是开得好的时候，您要是再晚些来，说不准就闻不着了。"

李清照又深深呼吸了一番，似乎想将这沁人心脾的花香充满整个身体。"临安果然是个宝地。"她喃喃自语道。

环顾四周，熙熙攘攘的人群夹杂着叫卖声，热闹非凡。临安的经济发展很是迅速，自从唐朝、五代以来，几经开发，当真成了经济繁荣、交通发达的"东南第一州"。

马车缓慢地行进在官道上，两边尽是茶馆酒楼，道边十几个商铺挂着灯笼，铺中可见小二不慌不忙地招呼着生意。在经历了父亲被贬、南下、丧夫、书籍被窃这些人生坎坷后，李清照一度以为自己的一生再也没有光亮了，可是如今行在临安城内的道路上，看着这番闹市喧哗，她还是欣然地露出了期待的笑容。

酉时畅谈

因从绍兴府寄居的钟氏家中离开时，钟氏早有书信请临安亲友帮助李清照落脚，所以李清照刚刚到了清波门，便有一位看上去十分和善的大婶迎了过来："您可是钟家说的那位？"

李清照瞧了瞧眼前的大婶，微微点了点头。

"那便是了。钟家早就和我说了有贵客会来落脚，让我早早将一处房子打扫了出来。只是您才刚到城里，马上天就黑了，不如先到我家住一晚。"

李清照一路颠簸，早已饥肠辘辘。早些时候路过一家驿站，车夫吃饭时自己并没有下去一同吃，这会算起来也有六七个时辰过去了。"那就打搅了。"李清照抚了抚额头的碎发，整了整发髻，此时天色将晚，空气中的玉兰花香似乎更加浓了些。

钟氏给李清照安排的居所就在大婶家隔壁不远处，隐隐约约可以望见西子湖。大婶的两个儿子帮李清照卸下了马车上的行李。

"您里面走吧，犬子会把行李给送过来。"大婶拉着李清照的手往里屋走，还不时感叹李清照竟然如此清瘦。

屋里弥漫着沁人的香气，李清照走到香炉前，看着黄铜香炉里面散发出缕缕烟气，不禁想起已故的官人，暗暗神伤。

"夫人，这是什么香？闻着很是舒坦。"李清照揉了揉自己的眼角，清瘦的身躯立在窗前，似乎一阵风便能吹倒一般。

"不过是山上寻常的香木罢了，您若是喜欢，我便取些给您拿去用吧。"大婶手里握着抹布，锅里似乎温着酒，桌上四五道精致的小菜，白白绿绿，让人看了食欲满满。

李清照碎步走到桌前，等到大婶将温好的酒取来，请大婶坐下。"我贸然来到这里，给您添麻烦了。"李清照伸手抓起抹布，垫在温热的酒坛子下面，双手扶着酒坛给大婶满了一杯。

"哎，您是大才女，能够帮到您是老婆子的荣幸，您这样说就太客气了！若是您不嫌弃，就喊我一声李婶。"

李婶扶着酒杯，看着李清照。

早就听闻这位才女出身书香门第，甚是有礼数，只是没想到竟然还这般好看。尽管出生在北方，但李清照面容姣好，眉清目秀，身材匀称，倒像是个在临安土生土长的江南女子，实在惹人喜欢。

"您也给自己倒上一杯，我的两个儿子就在后屋吃，老婆子给你接风洗尘。"李婶很是高兴地饮下一杯，抬头间瞧见李清照缓缓举起酒杯，却迟迟没有饮下。

"怎么了？这酒不合胃口？"李婶愣了愣，李清照却是眼角湿润。

"自从官人去世后，我便没有再饮过酒，这会儿闻着酒气竟然想起了官人，是我失礼了。"李清照又将酒杯放下，扯出手帕擦拭着眼角。

"您是个苦命人，这几年吃了不少苦。听钟家说您丈夫留下的古书画在绍兴府被盗了不少，可找回来了？"

李婶给李清照换了一杯清茶，小心翼翼地问。

"找回来了一些，可是很多都丢失了，还有许多心爱的文物……"李清照抿了一口茶，茶香在唇齿间散开。

"好茶。"李清照忽然舒展眉头，"这可是西湖龙井？"

"得闻您要来，怕您喝不惯酒，就略备了一些茶叶。"

"西湖龙井闻名天下，辩才法师归隐后，曾与东坡居士在龙井狮峰山脚下饮茶品诗。今日有幸品尝这茶，果然是人间佳品。"李清照轻轻叹息了一声，"只怨我此刻无心饮茶品诗，怕是要愧对这上好的茶了。"

李婶听罢，为李清照续添了一些茶水。"我有一句话不知道该不该问。"她偷偷瞄了一眼李清照的脸色，生怕有所冒犯。

"李婶您尽管问便是了，若是我知道的，一定如实相告。"

李清照抬眼正好瞧见窗外红光一片，万家灯火。

"其实也不是什么大事，只是我见您身子清瘦单薄，却押着那样一车宝贝，为何不在沿途变卖一些？也可过得好一些啊。"

李婶知道那些才子是有风骨的，有她不能理解的地方，他们视金钱如粪土，却视书籍为至宝。只是李清照毕竟是一个女人家，空有一身才华又不能做官指点江山，为何不先解决温饱呢？

李清照不禁动容，在这样一个"女子无才便是德"的生活氛围中，除了已经去世的官人，或许再也无人能理解自己心中的壮志与豪情。想着想着，李清照的眼眸中噙着泪水，在红烛的照耀下闪闪晶莹。

"您莫要伤心，可能是老婆子我多管闲事了，惹您伤心。其实老婆子也在钟家的来信中听闻您对待那些金石古籍胜过一切，是老婆子唐突，提起这些事。"

李清照低着头轻轻擦拭去泪水，抬起头解释道："李婶不用自责，并非李婶说错了什么，而是我这么多年，寻寻觅觅，从来不曾找到自己读书写字的意义何在，直到我遇见了我的官人。官人与我一见倾心，不仅支持我写词，还几次将我的词与官人自己的词拿给达官贵客看，每每达官贵客赞扬我的词更胜一筹时，他便无比欣喜。或许，在官人之后，再也无人能真正懂我。"

李婶移坐到李清照的身旁，两只布满老茧的手紧紧握着李清照那双纤白如笋的手，那双手原本没有一丝丝岁月痕迹，可却在赵明诚死后渐显风霜。

夜浓，李清照拜别李婶，只身来到寓所，月光穿过门口的篱笆墙，洒在院里的花丛上。此时，她想起多年前与官人相别时的那一幕，不禁低吟道："红藕香残玉簟秋。轻解罗裳，独上兰舟。云中谁寄锦书来？雁字回时，月满西楼。花自飘零水自流。一种相思，两处闲愁。此情无计可消除，才下眉头，却上心头。"（《一剪梅》）

赵明诚便是李清照的一种愁。她多少次醉卧床榻，以求解脱，却在梦中无数次回想起当年的相逢相爱……

煮茶偶遇

清晨竟然降下了雨露，李清照还未清醒就已经嗅到缕缕泥土的芬芳，莫不是昨夜自己拂袖花丛，真的将愁情随风送上了九天，感动老天降下甘霖？

李清照起身整好衣装，走到屋前伸手探了探雨水，雨水温热清新。篱笆墙下的花虽落了些老瓣，却又长出许多新叶，恰似当年故里海棠。她吟道："昨夜雨疏风骤，浓睡不消残酒。试问卷帘人，却道海棠依旧。知否，知否？应是绿肥红瘦。"（《如梦令》）

李清照整理了一下思绪，郁结的心肠缓缓打开，从行囊中取出茶盏，又顶着雨跑到院中生火，准备煮水点茶。

"雨天跑出屋子，只为了生火吗？家中无人可以帮忙吗？"李清照刚将柴折断丢进灶中，却听见有人在身后唤她。

"刚刚搬来临安，家中无人，只能自己煮点茶。"

门外的书生撑着伞，看了看李清照，走到李清照的门前："方才听到您在吟诵诗词，实在是妙。您快些回屋避雨吧，若是不嫌弃，在下可代为生火。"

李清照再次回头，见到那书生穿着一身白布袍，腰间还系着玉佩，应该是世家读书子弟，看着不像是什么狂悖之徒。

"有劳了，雨天路滑，可以到小舍避避雨，喝一盏茶再走。"李清照走到门口打开篱笆门，书生将伞递给李清照，随后又从后腰拿出两本书籍交给李清照代为保管。

落雨渐稀，屋檐上滴滴答答地洒落着水珠，李清照一只玉手轻轻握着茶筅在茶盏中搅动，另一只手缓缓将热水倒入茶盏。

"娘子一手好茶艺，屋中又有如此多的金石典藏，可否唐突问下娘子身世？"书生双手接过李清照递过去的茶，问道。

"算是生于书香门第，只是家道中落，如今孤苦一人，没有亲朋，独自在这里了却余生罢了。"

李清照没有过多地说什么，毕竟面对的只是一个过路的书生，虽然为自己生火很是感激，但是读书人多有女子本应无才的思想，何必惹来麻烦。

"娘子谈吐不俗，绝非等闲人。"

书生本是一句玩笑话，却说得李清照心中十分喜悦："谁怜流落江湖上，玉骨冰肌未肯枯。这也算是不幸中的万幸。公子身着白布袍，也是器宇不凡，是哪家的公子？"

李清照喝了一口茶，盯着窗外，落下的细雨连成了线，密密麻麻地交织在一起。

"在下出身寻常人家，从小喜好搜集古籍，身旁却无一人喜好相同。每每都是一个人对着古籍字画出神，先生见了说我人痴，其他人便叫我痴书生。"

李清照原本盯着窗外的细雨出神，听过书生的话，心中感伤。"若是喜欢金石古籍，就坚持自己的喜欢，无须管他人说了什么，道了什么。你是男儿郎，不比我空有一身抱负，却只能独坐家中。这一身的本事，引来多少非议？这一首首词，我不也继续写了下来吗？"

书生有些疑惑，他不明白眼前这位女子到底是什么身份，刚想开口问，李清照先站起了身。

"雨已经小了，感谢公子今日帮我生火，这两本是公子的书籍，公子早些回去吧。"

李清照就在刚刚已经知道自己应该做什么了，就算许多士大夫经常公开批评自己一介女流却舞文弄墨，可这四十余年的路也都这般走过来了，何须畏惧他们说了些什么。

"多谢娘子的茶，也请娘子保重自身，哪怕再多的人对娘子的才华评头论足，娘子也要坚持自己。"

李清照站在门口送别了书生，书生收好书籍，系好白布袍，走出几步后，撑开伞离去。

李清照缓缓地关上篱笆门。

西湖献情

秋凉，院中的植被都已经生了老叶落了花，那灿黄的菊花
萎谢一地。李清照不知道自己的归属是不是这里，只每日整理
校勘官人的《金石录》，每每入神便会神伤，回想起与官人曾经
一同行到乌江边，感叹着西楚霸王项羽自刎以谢江东百姓。那
时，李清照站在赵明诚的身旁，抚今追昔，高声吟道："生当作
人杰，死亦为鬼雄。至今思项羽，不肯过江东。"只是如今，这
万般感受便只剩下笔墨能够与之共勉。

李清照来到临安的消息不胫而走。对于这位美女加才女的
到来，不少名门贵族纷纷登门求亲，希望李清照能够改嫁。

但此时的李清照在经历了丈夫去世，改嫁后被折磨的遭遇
后，已然对感情心灰意冷，丝毫无再嫁的念头。

无奈前来拜访和说媒的人太多，李清照又不好意思当面拒
绝，经常陷入矛盾之中。

秋风起，李清照将散落在桌子上的书卷收好，伫立在窗前
望向西子湖。

西子湖上依旧是船只辐辏，阳光照着湖面，波光粼粼，甚
是好看。李清照被那波光吸引了过去，不禁走出了家门。西湖

断桥上，游人如织，李清照缓步其中，神情逐渐开朗，陶醉于这秀美的湖光山色之中，不禁叹道："怪不得都说第一次来到西湖的人，都有一种似曾相识之感，她简直太美了。"

叹罢，她想起少女时曾作的一首《如梦令》："常记溪亭日暮，沉醉不知归路。兴尽晚回舟，误入藕花深处。争渡，争渡，惊起一滩鸥鹭。"如今，她已经记不得有多久没有这般心境了。

"娘子可是在欣赏这西湖美景？"忽然，一个男声传入耳内。李清照忙回头，眼前是一位高大的男子。

男子继续说道："这西湖遗迹太多，故事太多，多得就像这满地的落桂花，只要随便拾一朵，就是西湖的掌故。也难怪东坡居士能吟出'欲把西湖比西子，淡妆浓抹总相宜'这样的诗句，的确把西湖的晴雨之妙写绝了，堪称杰作。我看后人想要再吟咏西湖，恐怕难以望其项背了。"

"看来这位公子对西湖甚是熟悉。"

"在下生长于此，自然熟悉。当然，同样熟悉的，还有您的故事，才女李清照。"男子深情地看着李清照的双眸。

李清照惊讶地望着男子，没想到在这绝美之地能遇到这般多情之人。

眼前的男子相貌英俊，气质非凡，颇有赵明诚当年的风范。

"这位公子可曾来过家中？"

"在下方才路过，正巧见您伫立于此欣赏湖景，便斗胆前来献丑。"

　　看着李清照无所动容，男子继续说道："家父多日前曾前来提亲，但未得到回应。在下并非强求之人，但想知道您拒人于千里之外，是对夫婿选择有何要求？"果然是被拒之人。李清照不再言语，转身对着湖光山色沉思了起来。

　　国家一天一天衰败，自己又流落他乡，哪有心思想儿女情长？李清照心里焦躁不安，那一份焦躁演化成悲愤和失望，可是自己一介女流，又有什么人在乎自己的想法呢？换来的，只能是士大夫一声声的批评和斥责。

　　李清照辛酸地苦笑道："是啊，他们有的是时间来批判我，却没有时间去治理国家。"那男子只得怏怏离开。

　　正是因为那些士大夫无端的指责，临安的文人官员都开始对这位流落西子湖畔的才女故意疏远，李清照只能在一方小屋中，用笔墨挥洒着自己心中的愤慨。

　　李清照痛苦地坐在桌前，伸出手去摸地上喝剩下的半坛酒。如果一切能够如愿，她多么希望赵明诚能够回到自己的身边，那种不顾世俗眼光的支持，那种能够与自己品画作词的默契，她永远不会忘却。李清照将一口冷酒灌进肚子，冰冰的酒水像是刀子一样划过她的胸膛，不生暖意，却更凄凉。她转身挥笔写下：寻寻觅觅，冷冷清清，凄凄惨惨戚戚。乍暖还寒时候，最难将息。三杯两盏淡酒，怎敌他、晚来风急。雁过也，正伤心，却是旧时相识。　满地黄花堆积，憔悴损，如今有谁堪摘？守着窗儿，独自怎生得黑。梧桐更兼细雨，到黄昏、点点滴滴。这次第，怎一个愁字了得！

《声声慢》是李清照的代表作，词人一天的愁苦心情跃然纸上。

她像是丢了什么，一直在苦苦寻觅，而身边一切景物都显得冷冷清清，这使她的心情更加愁苦、悲戚。忽冷忽热的天气，是最难保养身体的，她虽然喝了几杯酒，也无法抵挡晚来秋风的寒气。正伤心着，一群大雁向南飞去，看到雁飞过，她更加伤心了，那雁群，那雁影，那雁鸣，都是她的旧相识。

菊花已经枯黄，满地落花堆积，如今还有谁忍心去摘？倚窗独坐，梧桐叶片落下的水滴，声声入耳，令她心碎。此情此景，又怎是一个"愁"字能够形容？

这种生活状态，对当时的李清照来说，也许就是常态。

一天到晚，她百无聊赖，若有所失，一直在"寻寻觅觅"，希望找到点什么来缓解自己的空虚和寂寞。但"寻寻觅觅"的结果，是"冷冷清清"，是"凄凄惨惨戚戚"。仅此三句，词人便营造了一种愁苦、悲戚的氛围，不禁让人屏息凝神……

悲凉暮年

绍兴三年（1133年），伪齐在金朝的支持下攻占襄阳府（今湖北襄阳），严重威胁到南宋长江中下游地区的安全。而占据洞庭湖的起义军也日益强大，南宋朝廷开始计划派遣官员前去镇压。在得知伪齐试图拉拢起义军统帅杨么后，赵构开始慌张，加之其对金军一向惧怕，提出想要派遣使者出使金国探视徽、钦二帝，并且试图探求与金求和的办法。

出使金国无疑是置身虎狼之穴，南宋满朝无人敢请命，而同签书枢密院事韩肖胄和工部尚书胡松年却在危难关头主动请命，愿意为国家出使金国。

当这个消息传到李清照的耳中时，她正喝到半梦半醒。得知自己日夜牵挂的国事终于有了转机，朝中终于有义士肯为国奉献时，她单手扶着桌子，摇晃着半醉的身子，大喊一声："好！"

李清照又一次看到了希望，满腹愁绪顿时化作满腔豪情，当即布设笔墨砚台，没有过多的思考，激动地蘸墨作古诗、律诗各一章，向韩、胡二公表达敬意：

三年夏六月，天子视朝久。

凝旒望南云，垂衣思北狩。

如闻帝若曰，岳牧与群后。

贤宁无半千，运已遇阳九。

勿勒燕然铭，勿种金城柳。

岂无纯孝臣，识此霜露悲。

何必羹舍肉，便可车载脂。

土地非所惜，玉帛如尘泥。

谁当可将命，币厚辞益卑。

四岳佥曰俞，臣下帝所知。

中朝第一人，春官有昌黎。

身为百夫特，行足万人师。

嘉祐与建中，为政有皋夔。

匈奴畏王商，吐蕃尊子仪。

夷狄已破胆，将命公所宜。

公拜手稽首，受命白玉墀。

曰臣敢辞难，此亦何等时。

家人安足谋，妻子不必辞。

愿奉天地灵，愿奉宗庙威。

径持紫泥诏，直入黄龙城。

单于定稽颡，侍子当来迎。

仁君方恃信，狂生休请缨。

或取犬马血，与结天地盟。

胡公清德人所难，谋同德协心志安。

脱衣已被汉恩暖，离歌不道易水寒。

皇天久阴后土湿，雨势未回风势急。

车声辚辚马萧萧，壮士懦夫俱感泣。

闾阎婺妇亦何知，沥血投书干记室。

夷虏从来性虎狼，不虞预备庸何伤。

衷甲昔时闻楚幕，乘城前日记平凉。

蔡丘践土非荒城，勿轻谈士弃儒后。

露布词成马犹倚，崤函关出鸡未鸣。

巧匠何曾弃樗枥，刍荛之言或有益。

不乞隋珠与和璧，岐乞乡关新信息。

灵光虽在应萧萧，草中翁仲今何若。

遗氓岂尚种桑麻，残虏如闻保城郭。

嫠家父祖生齐鲁，位下名高人比数。

当时稷下纵谈时，犹记人挥汗成雨。

子孙南渡今几年，飘零遂与流人伍。

欲将血汗寄山河，去洒东山一抔土。

李清照不过是一个贫病交加、身心俱疲、独守寡居的妇人，可是她时刻心心念念着家国大事，即使自己在朝中并无地位，即使自己因为之前的事端饱受争议，可是她仍旧勇敢地站出来赞扬韩、胡二公的大义凛然。

诗中"欲将血泪寄山河，去洒东山一抔土"一句，表达了李清照作为大宋百姓渴望反击侵略、收复失地的强烈愿望。

就在这对朝廷的失望与希望交织中，李清照几乎将全部心力都用在整理官人的遗作上，并约于绍兴四年（1134年）完成《金石录后序》的写作。

同年（1134年），宋军在韩世忠的带领下于今扬州西北的大仪镇攻打金兵。都城形势危急，李清照不得不暂时前往金华避乱。在避乱期间，她看透了南宋统治阶级的昏庸腐败和不识良才，写了《打马图经》，引用大量有关战马的典故和历史上抗恶杀敌的威武雄壮之举，热情地赞扬了像桓温、谢安等忠臣良将的智勇，暗讽南宋统治者不思抗金的庸碌无能，寄寓对收复失地的愿望。而金军大举南下、南宋面临国破家亡的景象，重新唤醒了李清照悲凉的回忆，于金华写下了《武陵春》。

"风住尘香花已尽，日晚倦梳头。物是人非事事休，欲语泪先流。"李清照在这首词的上阕中追忆自己的过往，感叹所经历的苦闷与磨难。山河破碎，自己流离失所，这又是何等的悲凉！

到了绍兴十三年（1143年），李清照终于完成了《金石录》的校勘整理工作，她将这本挚爱的遗作进献给了朝廷。大约绍兴二十五年（1155年），这位充满才情和爱国情怀的一代女词人悄然离世。

李清照的后半生寄身于杭州，这是李清照人生的第二阶段，是她从无限的悲苦和孤独中涅槃重生的阶段。在这段时间里，她的艺术创作达到了炉火纯青的境界，以自己独特的"易安体"风格为后世留下了许多诗篇，其中不乏爱国主义诗词，激励着一代又一代的杭州人。

参考文献

1.〔宋〕王灼:《碧鸡漫志》,《学海类编》本。

2.〔宋〕李心传:《建炎以来系年要录》,文澜阁《四库全书》本。

3.〔宋〕岳珂:《金佗续编》,文澜阁《四库全书》本。

4.〔宋〕李清照:《漱玉词》,四印斋重刻本。

5.〔明〕蒋一葵:《尧山堂外纪》,文澜阁《四库全书》本。

6. 朱绍侯等主编:《中国古代史》,福建人民出版社,2010 年。

7. 王英志编选:《李清照集》,凤凰出版社,2007 年。

8. 谢学钦:《李清照正传》,中国文史出版社,2009年。

袁枚的"壶中天地"

袁枚（1716—1798），字子才，号简斋，晚年自号仓山居士、随园主人、随园老人，钱塘（今浙江杭州）人。清朝乾嘉时期代表诗人、散文家、文学批评家、美食家。袁枚少有才名，擅长写诗文。其倡导"性灵说"，与赵翼、张问陶并称"性灵派三大家"。主要传世著作有《小仓山房文集》《随园诗话》《随园食单》《子不语》《续子不语》等。散文代表作《祭妹文》与唐代韩愈《祭十二郎文》齐名。

钱塘游子

"眼前三两级，足下万千家。"

古往今来，西湖留下了许许多多文人墨客的赞美之词，而袁枚是最年少的那一位。九岁时，他爬上家乡的吴山，站在山之巅，看着脚下的万户千家，突然来了灵感，随口吟出了这句极具张力、广为传诵的名句。

袁枚是钱塘人，康熙五十五年（1716年），袁枚出生在钱塘丝绸业的发祥地——东园街大树巷，是土生土长的东园人。当时，这一带是城郊接合部，居民大部分为贫民、菜农、机坊户，也有一些底层知识分子。袁枚的父亲袁滨，在湖南衡阳县衙做师爷，收入不是很高，但也衣食无忧，最重要的是袁家世代从文，家风甚好，袁枚从小就得到了良好的教育。七岁这一年，袁家搬到葵巷，袁枚进入私塾读书，识文断字，十分刻苦。

　　雍正五年（1727年）春，县府学考场出现了一个有意思的场面，一位十二岁的少年和他四十二岁的老师一起参加县里的秀才考试。少年镇定自若，文思泉涌，下笔如有神助；而老师则显得有些紧张，时值早春，乍暖还寒，但他的额头还是冒出了豆大的汗珠，他一边答题，一边不断地拭去额头上的汗珠。考试分许多场，第一场考《论语》《大学》《中庸》《孟子》，时文一篇，试帖诗一首。那天是第二场，考八股文、史论、杂作、古近体诗等。

　　其实，考个秀才也不是那么容易，三年二考，县试就要考五场，正试、招复、再复、连复、后复，只有优秀的人才能过这五关，才有可能进入下一场由知州主持的府试，过了府试这一关，再进入由省学政主持的院试，合格者才能成为一名秀才。

　　幸运的是，少年和他的老师双双上榜。这位少年便是袁枚，他的老师叫史玉瓒。

　　九岁吟出"眼前三两级，足下万千家"的诗句，十二岁就能考中秀才，一时间，袁枚成了新闻人物。接下来便是"入泮礼"，中了秀才的还要参加巡街活动，主要是让市民看看今年哪些人考中了秀才，为社会树立榜样。参加巡街的秀才，可以说是出尽风头，无上荣光。

袁枚只有十二岁，他无法理解这份荣耀，他只是觉得坐着轿子巡街很好玩，很有意思。

> 记得垂髫泮水游，一时佳话遍杭州。
> 青衿乍着心虽喜，红粉争看脸尚羞。
> 梦里荣华如顷刻，人间花甲已重周。
> 诸公可当同年看，替采芹香插白头。

六十年后，袁枚重游少年时读书的地方，当年的那场巡街盛况还历历在目，他感慨万千，写下了这首《重赴泮官诗》。

少年天才袁枚深得许多人的赏识，浙江学政程学章就很欣赏他的才华，特别推荐他到凤凰山敷文书院深造。敷文书院原来叫万松书院，因康熙题"浙水敷文"才改的名。

那一年，袁枚十八岁。在离开敷文书院五十年后，袁枚重访敷文书院，面对经常出现在他梦里梦外的书院，回忆起在书院的那些美好时光，他老泪纵横，一首诗脱口而出：

> 万松环一岭，书院建其巅。

我昔来肄业，弱冠方童颜。

当时杨夫子，经史腹便便。

门墙亦最盛，济济罗诸贤。

我每遇文战，彻夜穷钻研。

至今咳唾处，心血犹红鲜。

何图目一瞬，垂垂五十年。

先师墓木拱，诸贤尽云烟。

我来重过此，几席犹依然。

误欲往学舍，执卷趋师前。

昔也离家远，廿里走偟偟。

今也升讲堂，一步一扶肩。

昔为服子慎，绛帐时周旋。

今为苏子训，摩挲铜狄仙。

逝者竟如斯，能无意自怜。

羡杀丹桂花，无言但参天。

在敷文书院求学时，袁枚是快乐的，但有一件事让他伤心欲绝。入学第二年，与他一起中了秀才的私塾老师史玉瓒去世了，而且死得很惨。当时史玉瓒突然患了一种怪病，舌头肿胀得厉害，无法进食，最后被活活饿死，葬于葛岭。临终前，老师恳请袁枚为他写传，袁枚含着泪，写下了《溧阳史先生传》

的墓志铭，完成了恩师最后的愿望。

十二岁成为秀才，十八岁入敷文书院，十九岁时破例补为廪生，二十岁获得参加乡试的资格……二十岁以前，袁枚一直在钱塘求学，顺风顺水。乾隆元年（1736年）春，袁枚远赴广西，探望做幕僚的叔父袁鸿，这是他的第一次远行。

袁枚从南星桥码头登船，沿钱塘江溯流而上，过富阳，至桐庐，行至严子陵钓台，他弃船上岸，到桐庐探望严光。吟诗作赋，几乎成了历代文人雅士的必修课，袁枚当然也不例外，留下了《钓台》《书子陵祠堂》《严子陵像》《桐江作》等诗。

袁枚在桐庐停留了数日，一为严光，二为富春江美丽的景色。正是这次路过，让他更加仰慕严光视名利为粪土的隐士精神，他从富春江的绿水青山间，隐隐约约听到了大自然的召唤。或许，桐庐之行后，一颗归隐的种子已在他的心里深深埋下……

端午节前，一路跋山涉水的袁枚终于抵达广西府衙桂林。此时，他早已疲惫不堪。

广西巡抚金鉷，非常赏识师爷袁鸿推荐的袁枚，对他关爱有加。两年后，袁枚异地中举。次年，袁枚参加朝廷科考，以二甲第五名中进士，选入翰林院任职。

这一年，袁枚二十四岁。

根据记载，袁枚二十四岁时春闱中进士，名列第五，选庶吉士，入翰林院，习满文。冬乞假归娶王氏。

二十七岁任庶吉士，三年期满，满文考试不及格，外放江南县令。

袁枚是一代才子，语言天赋极高，但满文考试却不合格，这让人唏嘘不已。是他荒废学业，不思进取吗？还是儒家思想根深蒂固，不屑学习满文？时至今日，这成了一个谜！而谜底，也许只有袁枚自己知道，或者说连他自己也不知道。

满文考试不及格，翰林院是待不下去了。乾隆七年（1742年），袁枚被外调做官，曾任沭阳、江宁、上元等地知县，还被聘到江宁任帘官（同考官），协助主考官批阅江南乡试考卷。任职期间，袁枚不避权贵，推行法制，政绩显著，时任总督尹继善对他十分赏识。

先是辗转各地做官，后又隐居金陵（今江苏南京）。钱塘人袁枚，对于钱塘而言，倒像是一名过客，虽然没有叶落归根，但他晚年多次回到钱塘。

让袁枚想不到的是，因为他和一众文人雅士，两百多年后的今天，杭州潮鸣街道东园社区的大树路（原大树巷），已被打造成"袁枚故里""宋词雅韵"，摇身一变成了宋词一条街。

"潮鸣"是一个很诗意的名字，那为什么叫潮鸣呢？

原来，在宋代，这里有个"归德院"，赵构曾在这里住过一夜。当时赵构睡至半夜，听闻呼呼声传来，内心十分惊恐，以为金兵追来。随从告诉他，这是钱塘江的涛声，于是他给这个寺庙赐名"潮鸣寺"。现在，潮鸣街道已经成为城市中心，钱塘江的涛声自然是听不到了。

徜徉街巷，随处可见鳞次栉比的徽派风格建筑，墙上装饰着一首首袁枚和宋人的诗词，整条街流淌着无尽的雅与韵。东园幼儿园的围墙外，几株桂花，一丛竹子，晚年袁枚穿着对襟布衫，右手捋须，左手背后，正在路边眺望着，若有所思……

西湖范本

任县令七年，袁枚政绩不俗，深得百姓爱戴。

然而，他从小厌恶八股，生性通脱，向往自由，虽说甘愿为天下苍生所计，但对官场琐碎忙碌、应酬逢迎之事实在厌恶，不愿为上司大吏做高等听差。在官场，他虽为知县，但归根结底还是一颗普普通通的棋子，只能任人摆布，仰人鼻息，这显然不是他所要的生活，他要的是"清茶一杯"的宁静与淡泊。

慢慢地，袁枚萌生了归隐之心。

袁枚做过上元、江宁县令，十分喜爱金陵的灵秀之气、人文氛围。金陵城北门桥往西二里，是清凉山的支脉——小仓山，南唐时，李昇、李璟、李煜就曾在清凉山避暑。

小仓山有二岭，一直延伸至北门桥。一日，袁枚站在山顶，俯瞰金陵城，南面是雨花台，西南是莫愁湖，北面是钟山，东面是冶城，东北面是孝陵、鸡鸣寺……金陵美景，尽收眼底。

不知不觉，袁枚爱上了小仓山。

乾隆十四年（1749年），袁枚的父亲袁滨去世，家中只剩下年迈的老母亲章氏，三十四岁的他毅然决然提交了辞呈，只说是想要收购金陵小仓山北麓荒废已久的隋园，用于养病居住。就这样，金陵都知道了名噪一时的袁大人辞了官，要来隋园定居。

隋园，是江宁织造隋赫德的私家园林，废弃已久，破败零落，袁枚以"三百金"的价格收购了隋园。

"茨墙剪阉，易檐改途。随其高，为置江楼；随其下，为置溪亭；随其夹涧，为之桥；随其湍流，为之舟……就势取景"袁枚按照他心中的想法，出资大加修缮，对隋园进行"一造三改"，力求实现"壶中天地"的最高境界。

"壶中天地"是一个典故，故事源自《后汉书》。东汉时有个叫费长房的人，一日，他正在酒楼喝酒解闷，突然看见街上有一个卖药的老翁，悬挂着一个药葫芦在兜售丸散膏丹。不久，街上的行人渐渐散去，老翁就悄悄钻进葫芦里。费长房看得目瞪口呆，心想这位老翁绝非等闲之辈。于是，他买了酒肉，恭恭敬敬地拜见老翁。

老翁得知他的来意，带着他一同钻进葫芦中。当他睁开眼睛，满目皆是亭台楼榭，雕梁画栋，奇花异草，蜂飞蝶舞，宛若仙山琼阁，别有洞天。

费长房跟随老翁十余日，最终学得方术。临行前，老翁送他一根竹杖，他骑上竹杖，健步如飞。返回故里时，家人大吃一惊，原来"壶中一日，人间一年"，费长房已离家十余年，家人都以为他死了。从此，费长房开始行走江湖，医百病，驱瘟疫，造福于民……

　　"壶中天地"是袁枚的追求与向往。他先后恢复、新建了金石藏、环香处、小眠斋、峻山红雪、香雪海、群玉山头、绿晓阁等二十四处迷人景致，兼顾自然与人文，两者相得益彰。不仅如此，他还依照四时、天气变化，设计了各具特色的景致，宜四季、宜晴雨，为"壶中天地"赋予了新内涵。不出一年，袁枚就将这座荒废的园子改造成集山水、人文于一体的私家园林。园林拥有一百余亩田产与养殖场，雇用农夫、杂役三十余人。随后，他将"隋园"更名为"随园"，自诩"随园居士"。

　　除容纳天地四时之景外，袁枚还在自己的园林植入了浓浓的乡愁。毕竟，钱塘是故乡，他二十岁之前都是在钱塘度过，那里有他的童年，有他成长的足迹，那种刻骨铭心的乡愁不是说忘就能忘的。而钱塘最知名、最具特色的，便是西湖。因此，袁枚在修整园林时有意仿造西湖诸景，这样，便有了"居家如居湖，居他乡如故乡"的感觉了。他还在园林里开了一汪清泉，种了一片矮草，在池中放养了许多红鲤鱼，这景致与西湖的"花港观鱼"十分相似。

　　随园，是袁枚人工仿造西湖自然景观的杰作，他为随园植入了更深刻的情感，把他的园林思想通过园林景观来表现，使"壶中天地"更有内涵。

面对美丽的随园，袁枚一直在思考："这么好的景色总不能关起门来一个人享受啊，独乐乐不如众乐乐，随园，随园，就是要随意，不如将四周的围墙拆掉，让金陵的人们都可以随意到园中游玩。然后，写一本《随园食单》，用玲珑之心烹饪钱塘美食，让游客就着美景，品着美食，吟诗作对，烹茶为乐。丝竹管弦、莺歌燕舞时，将诗作与众家分享，岂不美哉？"

"放鹤去寻三岛客，任人来看四时花。"袁枚想到，说到，做到。他命人拆除随园的四面围墙，还在正门挂上了对联，广而告之。于是，每逢佳节，随园游人如织，袁枚任大家进进出出，不但不加管制，还设茶待客，喝的全是西湖龙井茶。私人庭院成了"市民公园"，随园迅速闻名天下，虽远离京城，却是宾客盈门。袁枚既才华横溢，又与人为善，文品、人品都没的说。虽然随园没有围墙，但许多朝廷命官造访随园时，就在数里之外的"红土桥"下马步行，以表对袁枚和随园的尊重。

归隐后，袁枚没有了官场的羁绊，可以按照自己的喜好来生活，想怎么着就怎么着，无拘无束，激情喷涌，创作了大量作品，并广纳弟子，刊刻诗集，成为乾嘉诗坛一代天骄，引领一代诗风。特别是随园的免费开放，为袁枚吸引了不少"袁粉"。《随园食单》出版后，游客慕名购买，将书籍抢购一空，一时洛阳纸贵，袁枚从中挣得不少，弥补了改造随园的一部分亏空。

袁枚根本不会料到，他的随园日后会成为《红楼梦》中大观园的原型！

当然，袁枚也不会料到，在中国古典园林史上，他的随园会成为后代园林建造者学习与借鉴的范本，其价值之大，影响之深，实为罕见。

嘉庆二年十一月（1798 年 1 月），袁枚去世，享年八十二岁，葬于金陵百步坡。

在袁枚去世两百多年后，在他的故乡杭州，西湖全景拆除了沿湖围墙，免费向游人开放。拆围墙、舍门票，杭州将一位游子的理念，成功复制！

最爱龙井

古人隐居，一般都是年长者，而袁枚是另类。他从三十四岁就开始隐居，到八十二岁去世，足足过了近半个世纪的归隐生活。在隐居三年后，因修缮随园花费巨大，致使袁枚一度出现经济窘迫。虽然袁枚曾经短暂外出做官，但大部分时间都在随园居住，读书写作，以文会友，传道授业，小日子过得风生水起。

每每有客人，袁枚总是要提醒下人用老家钱塘的西湖龙井茶招待，抓住机会推介家乡。"龙井茶色泽翠绿，香气浓郁，甘醇爽口，形如雀舌，有色绿、香郁、味甘、形美之四绝。"只要一提起龙井茶，袁枚便两眼发光，口若悬河，如数家珍。

袁枚爱茶，也爱行走。因为行走，他更爱茶。

袁枚访遍名山大川，天台山、雁荡山、四明山、雪窦山、黄山、庐山、武夷山……足迹遍布浙江、江西、广东、广西、湖南、福建等地。袁枚有写日记的习惯，短则数十字，长则百余字，类似于现在的微博，用来记录一路所见所闻所想。

每到一处，除了欣赏美景，袁枚还对当地的茶文化十分感兴趣，总要细细品尝当地的名茶，并与龙井茶进行比较，

把感受一一记载下来。常州阳羡茶"深碧色，形如雀舌，又如巨米，味较龙井略浓"，洞庭君山茶"色味与龙井相同，叶微宽而绿过之，采掇最少"。六安银针、梅片、毛尖、安化茶等，他全都尝了一个遍，评了一个遍。

袁枚七十岁时，与学生一同游历武夷山，对武夷山茶给予高度评价。此前，他也喝过武夷山茶，曾吐槽武夷山茶"茶味浓苦，如饮药"。但这次在天游寺，僧侣给他献上了一杯茶，茶杯小如胡桃，茶壶小如香橼，每斟一杯不足一两，喝到嘴里舍不得咽下去，只好慢慢品尝，结果他却因此闻到了茶的清香，品尝到了茶的味道，咽下后口中仍有茶的香甜。于是，他又联想到家乡的西湖龙井茶……《随园食单·茶酒单》这样记载："始觉龙井虽清而味薄矣，阳羡虽佳而韵逊矣。颇有玉与水

晶，品格不同之故。故武夷享天下盛名，真乃不忝。且可以瀹至三次，而其味犹未尽。"

袁枚推崇武夷山茶为"天下第一"，西湖龙井茶为第二。但这个"天下第一"，指的是武夷山山顶的茶，数量极少，连皇帝都不够吃，平常百姓是无福享受的。而"天下第二"的西湖龙井茶是普通人都能吃到的，这么说来，普惠天下的西湖龙井茶才是"天下第一"。

袁枚关于武夷山茶与西湖龙井茶谁是"天下第一"的分辩，看似无理，却也说明他对西湖龙井茶那份独特的感情了。

此后，袁枚更加痴迷于研习茶道。他的茶道不是茶道表演，没有"长龙式""甩背式"这些花架子，而是更讲究饮茶之道。尤其是西湖龙井茶，他说得头头是道：他认为龙井茶在清明前采摘，称为"莲心"，因量少、出茶时间早而珍贵，但地力尚不足，为此，味略淡，须多放些茶叶才能泡出好茶。谷雨前的茶才是西湖龙井茶中高品，因为此时地力已足，是龙井茶的代表。因此，"明前茶"不如"雨前茶"。

在《随园食单·茶酒单》中，袁枚还总结出泡茶之水、煮水之法、饮茶之时等门道。

好茶配好水。好水以泉水为上，次为雪水，再次为河湖中心之水。泉水以中冷、惠泉为上，且必须注意贮藏，天然泉水（或雪水）要经过贮藏才是好水。刚出山的泉水，微微有点刺口，经过贮藏才会出现出甘甜的味道。在钱塘老家，他就是用虎跑泉水煮龙井茶，喝过的人都赞不绝口。

泡茶有门道。烧水要用猛火，最好用"穿心罐"，因"穿心罐"受火面积大。水刚开就立刻泡茶，烧过度了水会变味。茶泡好后就要喝，若盖上后再喝，茶就会变味。有一年，袁枚的老朋友毕尚书登门造访。袁枚盛情接待，第一道程序就是奉茶，当然袁枚奉的是西湖龙井。当一杯碧绿色的龙井茶摆在桌面时，毕尚书想用茶杯盖盖上，袁枚马上阻止："且慢！先看茶色，再闻茶香。"毕尚书看了一番，闻了一通，喝罢大赞："好茶！"袁枚不仅饮茶有道，还是一位著名的美食家。袁枚认为，学问之道，先知而后行，饮食亦然。只要听说哪里有好吃的东西，他一定会让自己的厨师登门拜师学艺，有时还用轿子抬着厨师来随园烹饪美食，这让他掌握了诸多美食、私家拿手菜的第一手资料，最终成就了《随园食单》。

《随园食单》从烹饪技术理论出发，从采办、加工到烹饪、装盘以及菜品用器等，都作了详尽的论述，并对许多地方的美食进行点评、鉴赏。内容可以分为两部分，第一部分是基础理论，包括"须知单"和"戒单"，重点体现作者的食馔审美思想；第二部分是菜谱，按照食物种类开列海鲜、江鲜、杂牲等单，在各单下列同种食物的不同做法。全书共十四单、一序，含三百多种南北菜肴的详细做法，山珍海味、小菜粥饭、名茶美酒，堪称一部精编版的中国饮食百科全书。

当然，《随园食单》里，钱塘菜肴是重头戏。两百多年过去了，如今在杭州，袁枚和他的《随园食单》依然影响深远，杭州人的餐桌上依然常见带着浓厚杭帮味道的"随园菜"，鱼圆、糯米藕、酱肉……应有尽有。《随园食单》其实就是一部美食烹饪秘籍，你可以按照《随园食单》提供的方法，轻轻松松整出一桌"随园菜"，快快乐乐享受一次"袁枚宴"。

西湖咏史

袁枚游历南方名山名水，故乡钱塘自然不会错过。

一日，袁枚带着儿女一同游览西湖。那一天，他要去两个地方，一个是"岳王庙"，另一个是"苏小小墓"。

西湖栖霞岭南麓的"岳王庙"，始建于南宋嘉定十四年（1221年），后因岳飞追封鄂王而称"岳王庙"。

正殿西侧壁有明代浙江参政洪珠题写的"尽忠报国"四个大字，正殿中间是岳飞塑像，像前高悬"还我河山"匾额，相传为岳飞手迹。

墓园以块石围砌，周围古柏苍翠，墓道两旁陈列着石虎、石羊、石马和石翁仲，阶下有陷害岳飞的秦桧、王氏、张俊、万俟卨四人铁铸跪像，反剪双手，面墓而跪，背后墓阙上书"青山有幸埋忠骨，白铁无辜铸佞臣"的楹联。走在墓道上，袁枚心情十分沉重。他仿佛看到金兵的铁蹄正扬起漫天灰尘，随后便是尸横遍野、山河破碎！他仿佛听到"还

220

我河山"的怒吼，听到"直抵黄龙府，与诸君痛饮尔"的铿锵之声，听到"撼山易，撼岳家军难"的感叹，听到"三十功名尘与土，八千里路云和月"的豪言壮语，听到了临安大理寺传来的拷打声，听到"天日昭昭，天日昭昭"的呼喊！他分明看到民族英雄岳飞，重重地倒在了"莫须有"的罪名下，含冤而死……

　　　江山也要伟人扶，神化丹青即画图。

　　　赖有岳于双少保，人间始觉重西湖。

　　国难当头，奸臣当道，民族英雄，名垂千古！袁枚老泪纵横，心潮起伏，当即写下了《谒岳王墓》。而这首诗，成为他咏史诗中极具代表性的作品之一。

　　第一句"江山也要伟人扶"出句非凡，表明了江山社稷需要杰出人物来支撑的态度。第二句"神化丹青即画图"勾勒了西湖的绝色美景，袁枚是来谒墓的，为什么要赞美西湖景色？这是耐人寻味的。而第三、四句"赖有岳于双少保，人间始觉重西湖"马上给出答案：西湖仅有美丽的自然景观是单薄的、肤浅的，必须有深厚的人文底蕴来支撑，让自然景观与人文景观相互映衬、相得益彰。只有这样，天下人才会更加敬重西湖、喜爱西湖。

　　袁枚认为，岳飞是宋代的民族英雄，于谦是明代的民族英雄，他们一身正气、尽忠报国，却不幸遭到奸臣的陷害，应受人敬仰、怀念。西湖正是因为有了岳王庙和于谦墓（于谦葬于西湖三台山中），才有了正气，才有了内涵，才有了特色。

在艺术上，这首绝句短小、精悍、含蓄，既赞江山，又赞伟人，以江山烘托伟人，抒发了对千古英雄人物的景仰之情和不尽赞美。而这种感情，袁枚有，广大民众也有，诗虽短，却充满力量。

袁枚与纪晓岚有"南袁北纪"之称。

在清代诗坛，袁枚的"性灵说"诗论独树一帜，影响深远。他说，诗词歌赋创作的风格和手法应该改变，不提倡以谁的诗词歌赋作标杆，只有在思想层面和艺术形式上追求创新，才能写出前无古人后无来者的惊世骇俗之作。优秀的文人，一直秉持"诗写情性"的思想，诗歌创作要体现真情实感，不应为了迎合谁或者追求一种风格就破坏了当初的心性。无论在哪朝哪代，只有拿捏真性情的人，才能表现出自然清新的元素，才能让后人敬仰。

除了岳王庙，那一日袁枚还去了苏小小墓，在诗里引用了唐人的诗句——"钱塘苏小是乡亲"，并把这句诗刻进了一枚私印。

有一次，毕尚书路过金陵，向袁枚讨要诗册，袁枚将盖了那方私印的诗册给了他。尚书大人看到"钱塘苏小是乡亲"几个字后竟然大声地指责他，说苏小小是妓女，你却将她比作乡亲，真是不重礼数。起初，袁枚还觉得很过意不去，赶紧对尚书大人道歉，哪料尚书大人还是喋喋不休，袁枚气不过，驳斥道："尚书大人虽然贵为一品官员，苏小小虽然低贱至极，但百年之后，就怕大家还知道苏小小，却不知道尚书大人的名讳了。"

为了一个生于一千多年前，与他毫无相干的青楼女子，袁枚居然当面驳斥一品尚书，足见"钱塘苏小"在他心目中的地位。封建士大夫往往都有男尊女卑的思想，但在袁枚看来，男女应该平等，因此，他收了很多女弟子，鼓励女子诗文创作。尽管有人非议，但袁枚根本不为所动，最终培养出一批优秀的女诗人。

袁枚晚年曾在西湖宝石山上举行过两次著名的诗会，出席者皆为其女弟子，多至十三人。第二次诗会时，袁枚已八十一岁。袁枚的举动引来了文人的责难，他一般都一笑置之，后被骂得不耐烦了，才在绝命诗里反击：

两脚踢翻尘世路，一肩担尽古今愁。

如今不受嗟来食，村犬何须吠不休。

参考文献

1.〔清〕袁枚:《随园诗话》。

2.〔清〕袁枚:《随园食单》。

3.〔清〕袁枚:《小仓山房文集》。

4.〔清〕方浚师:《随园先生年谱》,载《袁枚全集》。

我的江南

折花逢驿使，寄与陇头人。

江南无所有，聊赠一枝春。

这首《赠范晔》，是南北朝诗人陆凯赠予好友范晔的一首五言诗。诗人与友人远隔千里，平时仅靠驿使互传问候。而这一次，诗人传送的不是书信，而是梅花，他用"一枝春"借代梅花，喻示春天的来临，表达诗人对朋友的深深思念和美好祝愿。

江南，是一个地理概念、文化概念，也是古今众多文人雅士的精神原乡，诞生了许多千古绝唱。

我出生在江南，成长在江南，我喜欢江南，喜欢她的小桥流水，喜欢她的白墙黛瓦，喜欢她的草长莺飞，喜欢她的满园春色，喜欢她的吴侬软语，喜欢她骨子里的那种娇、那种媚、那种雅⋯⋯

于我而言，江南便是全部。

我在这里行走、驻足、阅读、写作，与朋友对饮，与风景对视，与古人对话。夜深人静时，我沏一壶茶，点一盏灯，把这点点滴滴记录下来，与你分享那些不期而遇的美好。

世外桃源武义、江南古镇游埠、诗画金华山、烽火酒坊巷、杜鹃之乡百丈、千年古刹径山寺……每到一处，一步一景，移步换景，处处是景，美到让我窒息。

金华火腿、杭州龙井、东阳木雕……这些非物质文化遗产制作技艺，历久弥新，熠熠生辉，让我感受到传承的魅力。

投笔从戎的白面书生，深明大义的大家闺秀，舍生取义的酒坊伙计，侠肝义胆的敌后英雄……这些闪耀着人性光芒、饱含家国情怀的小人物，让我肃然起敬。

江南，有太多让我感动的风景，感动的人物，感动的故事。我有什么理由忽视，有什么理由无动于衷？

而文学，就是我最直接的表达方式。

我一直关注地域文化，力求作品更具地域特色，更有深度，更有温度。我努力去唤醒那些记忆，再现那些历史，还原那些人物，给读者带去关于生命、价值、爱情、理想等方面的思考。于是，便有了《龙井》《守艺》《冲吧，丹娘》《酒坊巷》《踏月归来》等长篇小说，便有了《你不荒，世界不慌》《一城湖山竞风雅》等散文集。

这，便是我的文学江南，我的精神原乡。我不但要用文字来记录，还要用我的画笔来描摹。于是，我创作了数十幅油画，献给这如诗如画的江南，并将这些画作收入《江南无所有》这本散文集里，但即便是图文并茂，也无法完美展示我的江南。

"江南无所有，聊赠一枝春。"当年，陆凯赠予范晔一枝梅花，便赠予了一个春天。

今天，我努力把整个江南赠予你！

最后，我要感谢胡竹峰老师为这本书写序，感谢李敬泽老师为此书作推荐！

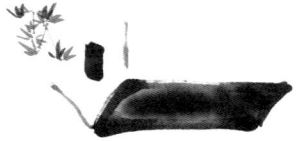